光文社文庫

文庫書下ろし／傑作時代小説

秘めた殺意

新・木戸番影始末(九)

喜安幸夫

光文社

この作品は光文社文庫のために書下ろされました。

目次

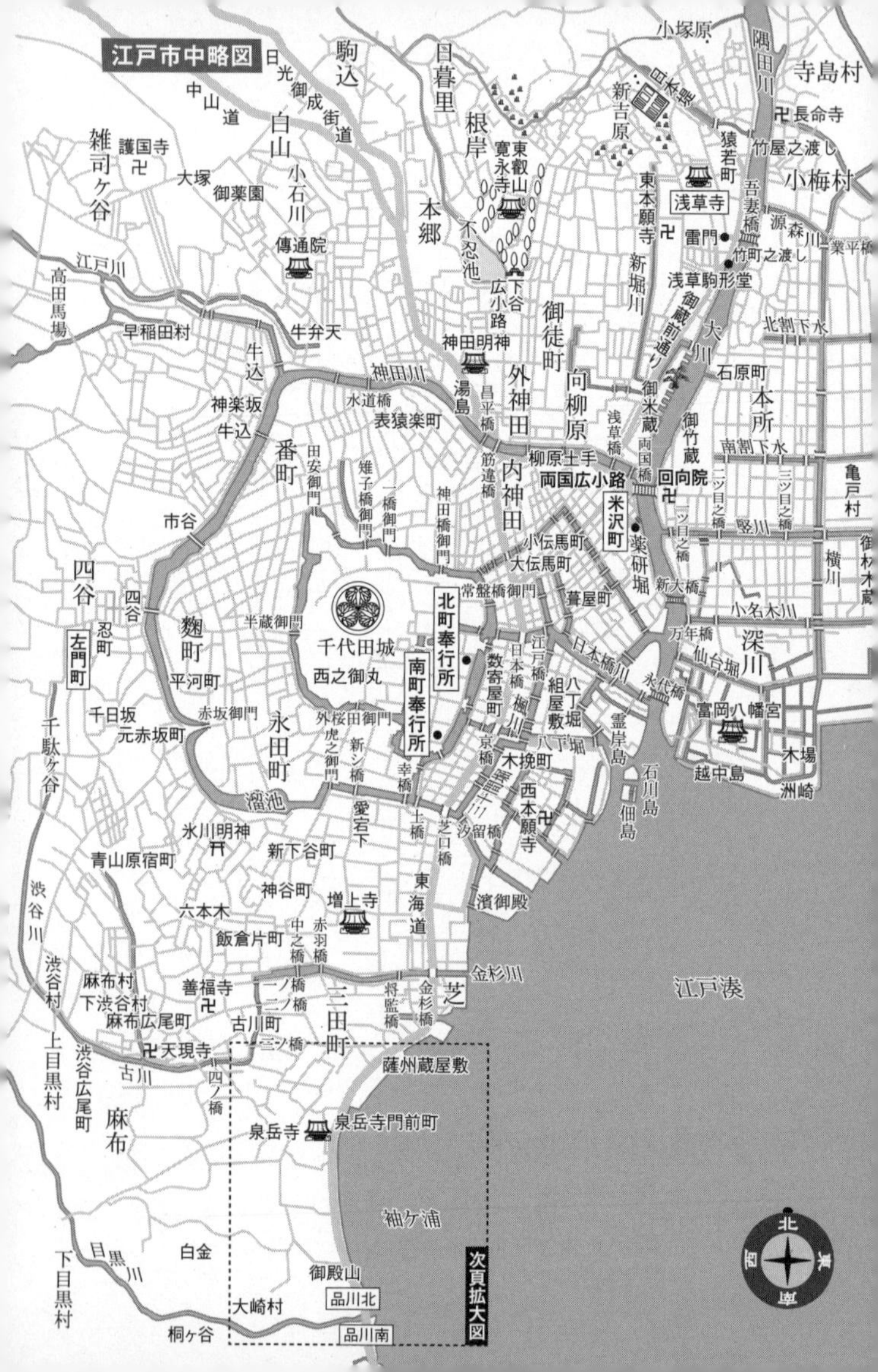
江戸市中略図
日光御成街道
中山道
駒込
白山
日暮里
根岸
小塚原
新吉原
隅田川
寺島村
長命寺
竹屋之渡し
小梅村
猿若町
浅草寺
吾妻橋
源森川
業平橋
雷門
竹町之渡し
浅草駒形堂
東本願寺
新堀川
御蔵前通り
東叡山寛永寺
不忍池
下谷広小路
本郷
雑司ヶ谷
護国寺
大塚
御薬園
小石川
傳通院
江戸川
高田馬場
早稲田村
牛弁天
牛込
神楽坂
神田明神
湯島
昌平橋
御徒町
外神田
向柳原
大川
北割下水
石原町
本所
御米蔵
御竹蔵
浅草橋
両国橋
神田川
水道橋
表猿楽町
筋違橋
柳原土手
両国広小路
回向院
南割下水
亀戸村
番町
田安御門
雉子橋御門
一橋御門
神田橋御門
内神田
米沢町
薬研堀
二ツ目之橋
三ツ目之橋
一ツ目之橋
竪川
横川
市谷
小伝馬町
大伝馬町
常盤橋御門
葺屋町
新大橋
小名木川
四谷
左門町
忍町
麹町
平河町
半蔵御門
千代田城
西之御丸
北町奉行所
南町奉行所
日本橋
江戸橋
数寄屋町
組屋敷
八丁堀
日本橋川
万年橋
仙台堀
深川
永代橋
富岡八幡宮
千日坂
元赤坂町
赤坂御門
永田町
外桜田御門
虎之御門
新シ橋
幸橋
京橋
楓川
八丁堀
木挽町
霊岸島
石川島
佃島
越中島
木場
洲崎
千駄ヶ谷
溜池
愛宕下
土橋
芝口橋
汐留橋
西本願寺
氷川明神
新下谷町
青山原宿町
神谷町
東海道
増上寺
濱御殿
六本木
飯倉片町
中之橋
赤羽橋
渋谷川
渋谷村
麻布村
下渋谷村
麻布広尾町
善福寺
一ノ橋
二ノ橋
三ノ橋
四ノ橋
古川町
三田町
将監橋
金杉橋
金杉川
芝
江戸湊
上目黒村
渋谷広尾町
天現寺
古川
麻布
薩州蔵屋敷
泉岳寺
泉岳寺門前町
袖ケ浦
白金
目黒川
下目黒村
御殿山
品川北
大崎村
桐ヶ谷
品川南
次頁拡大図
北
東
南
西

泉岳寺周辺略図
古川町
古川
永松町
豊岡町
功運寺
通新町
横新町
芝田町
薩州蔵屋敷
元札辻
東海道
黒鍬組屋敷
魚籃坂
三田八幡神社
三田北代地町
魚籃観音
大円寺
三田台町
伊皿子台町
伊皿子坂
細川越中守
屋敷
大御番組
車町横町
高札
代地
樹木谷
下高輪台町
長應寺
縄手道
車町
高輪大木戸
三田南代地
泉岳寺
(赤穂四十七士の墓)
泉岳寺門前町
木戸番小屋
如来寺
大仏
太子堂・庚申堂
高輪北町
二本榎町
高輪北横町
袖ケ浦
高野寺
高輪中町
東禅寺
高輪南町
白金猿町
高山稲荷
御用地
品川台町
松平大和守
屋敷
品川歩行新宿一丁目
御台場
品川歩行新宿二丁目
猟師町
善福寺
御殿山
大崎村
品川北本宿
北馬場町
目黒川
品川橋
品川南本宿
北
東
南
西

不気味な動き

一

「ともかく、大木戸の向こうとこっちじゃ」

「そうそう、おなじそば屋でも値も雰囲気も違うて」

「ほんの五、六歩の差で。あたしゃ断然こっちがいいよ」

　きょうも木戸番小屋には、女衆の声が聞こえている。近くの幾人かのおかみさんが、雁首をそろえているようだ。

　江戸府外の泉岳寺門前町の木戸番小屋が、町内の隠居や子たちのたまり場になるのはいつものことだが、おかみさん連中の声があふれるのは珍しい。

　天保九年（一八三八）、冬を感じ始める神無月（十月）に入った一日、朝の味噌汁をつくり過ぎた門前町のおかみさんが、木戸番人の杢之助に鍋ごと持って来たのがきっかけになった。

ちょうど北どなりの車町のおかみさんがふたり通りかかり、

「あら、いいにおい」

と、門前町のおかみさんについて番小屋の敷居をまたぎ、

「あたしゃこのまえ、焼き魚持って来たねえ」

「日ごろ、町を守ってくれてるお礼だもんね」

言いながら一緒にすり切れ畳に腰を下ろしたのだ。

「ああ、あの魚。塩味がほどよく、うまかったぜ」

と、杢之助もすり切れ畳にあぐらを組んだまま、きわめてあたりまえのように迎える。

双方のおかみさんたちは顔見知りで、そのまま世間話の場に入るのも、そこが自然に町内の隠居衆や子たちのたまり場になるのと似ている。そこが町の木戸番小屋だからというより、還暦に近い杢之助が木戸番人として住みついているからにほかならない。

いま座り込んだ門前町と車町のおかみさんは三人だけなのに、すぐ自然にかしましくなるのも、そこに控えているのが気さくで面倒見のいい杢之助だからだ。もっともひと部屋しかない木戸番小屋では、子たちならともかく、杢之助を入れておと

な四人が座を取れば、すでに余裕はなく、おかみさんたちの世間話が他に遠慮のいらない気安いものになるのも、自然の成り行きだった。

　それにそこが、人や荷馬の行き交う東海道に面しているとあっては、おかみさんたちが、

「木戸番さんも気の休まることがないんじゃないのかねえ」

「この環境で、門前町や車町の穏やかなことを守ってくれてるのだから」

「ほんと、ありがたいよねえ」

と、街道まで聞こえるにぎやかな声で話すのもまた、自然なことだった。

　そのたびに杢之助は言っている。

「儂やあ、いつも思うのじゃが、自分が静かに暮らすにゃ、町のお人らがまず平穏でなきゃならねえ、と」

「そう、そうなのよ。木戸番さんがそうだから、町のみんなもそのようにいられるのさ。とくに車町は、入ればお江戸という高輪の大木戸を抱えているから、なにかとうるさいことが……」

　門前町のおかみさんが受け、視線を車町のおかみさんたちに向けた。

　東海道で江戸府内との出入り口になる高輪大木戸は、泉岳寺門前町の木戸番小屋

からほぼ北方向に、江戸湾に沿ってゆるやかな湾曲を描く街道の二丁（およそ二百米（メートル））ばかり先に見える。

大木戸といっても、役人が出張（でば）って往来人の手形や素性（すじょう）を確かめているわけではない。もちろん設置された江戸創成のころはそれが目的だったが、江戸の町が発展し人口が増えると同時に往来人の数も増え、とっくのむかしに勝手往来になっている。いまでは街道の両脇に開設当初の石垣が残るのみで、〝大木戸〟は地名のようになっている。

その高輪大木戸から杢之助のいる泉岳寺門前町までの街道沿いの町場が車町だ。大木戸に近いことから、荷船（にぶね）が沖合によく泊まり、海岸には荷揚げの桟橋（さんばし）も多く、府内にそれらの荷を大八車（だいはちぐるま）で運ぶ荷運び屋が軒（のき）をつらねていることから、車町という町の名がついたのだ。

車町は江戸府内から府外に出たばかりの土地（ところ）だから、江戸からの逃（のが）れ者が住みつき、またその逆で地方で喰（く）いつめ江戸に入ろうとする者たちの姿もあり、町に落ち着きのないようすがけっこう見られる。

門前町のおかみさんが〝大木戸を抱えているから〟と、車町のおかみさんたちをのぞきこむように見たのは、そうした事情からだった。

杢之助が車町のおかみさんたちを擁護（ようご）するつもりで、

「そりゃあ門前町にゃ泉岳寺があり、静かな町たあいえねえぜ。木戸番小屋も道案内など、いろいろあってよう」

言うと、車町のおかみさんたちは、

『そうそう、お互いに』

などと乗ってくるかと思ったら、

「うーん」

と、ひとりが考え込むような声を洩（も）らした。

予想外の反応に、杢之助もそのおかみさんにさりげなく視線を向けた。

(ん？　どうした。なにか問題でも……)

おかみさんは視点のない視線を三和土（たたき）のほうへ泳がせ、

「そのう……」

と、なにやら言いにくそうになった。

もうひとりの車町のおかみさんも見当がつかないのか、

「………」

無言で視線をそのおかみさんに向けている。

「車町に、そのう、いるんですよう。さっき木戸番さんが言った、町の平穏を乱しそうな……。その人のことながら、それがおもてになりゃあ、ひとりの問題じゃすまされず、町の平穏は乱され……」

「あっ、あのこと……」

と、もうひとりの車町のおかみさんも思いいたったか声に出し、念を押すようにそのおかみさんの横顔を凝視した。

門前町のおかみさんは、

「あらあら、いったいなにかしら」

つづきをうながし、杢之助はことの深刻そうなことを覚り、

「…………」

無言で言い出しっぺのおかみさんを、強い視線で見つめた。

車町のおかみさんはそれらの視線へ応じるように、三和土のほうへ向けていた視線をすり切れ畳に戻し、

「いるんですよう、ひとり。ご当人はいたってまじめな人なんだけどね」

言えばもうひとりの車町のおかみさんが、

「うんうん、やはりあの女」

と、自分の推測が間違っていなかったことを確かめるように声に出し、最初に話したおかみさんも、

「そう」

と、ひとこと応じた。

杢之助は応じたおかみさんを無言のまま凝視しつづけた。

住人のあいだに、

――あの人は
と、うわさになる。

杢之助が最も気をつけているところだ。

町のなかで住人の誰かが話題になる。人と人の揉め事である場合が多い。早急に手を打たねば、どのような重大事に発展するか分からない。場合によっては刃物三昧にも……。役人が出張ってくる。木戸番小屋が詰所になり、案内に立つのは木戸番人の杢之助だ。

江戸の役所には、どんな目利きがいるか知れたものではない。杢之助が最も警戒し、恐れているところだ。住人のあいだの揉め事は、小さなうちから早急に収めておかなければならない。夫婦喧嘩や兄弟喧嘩も例外ではない。町内での揉め事の解

消に、李之助はことさら尽力した。町内で李之助が〝世話好きの木戸番さん〟と評判がいいのは、その所為でもあった。

「あの人とは……？」

李之助は軽い口調で催促した。深刻そうに問うと、人はかえって話さなくなることを、李之助はこれまでの経験から心得ている。

「はいな」

車町のおかみさんは返し、

「その女さ、四、五年まえにご府内から車町に越して来てさ、大木戸を出たところだけど、街道からかなり離れた町場の裏手のほうの目立たないところに、小さいながらも一軒家さ。ご府内から家移りするとき、相当用意してきたんだろうねえ。旦那は杉作さんといって、きわめてまじめな指物師さ。手先が器用なら気もまじめなんかねえ。そんな人さ」

一気に語った。これまで木戸番小屋で喋りたかったが迷いがあり、機会もなく、門前町のおかみさんの味噌汁のおかげで、思いがけなくその機会に恵まれたといった風情だ。

李之助は亭主の名を聞くのは初めてだが、

(ほう、杉作どんか。いかにもまじめな指物師といった名じゃわい)

などと思ったものだった。

もうひとりの車町のおかみさんが、補足するように言った。

「そうそう、五年まえさね。越して来てしばらくしてから杉太（すぎた）ちゃんが生まれ、ことし五つだから。あのころはお汐（せき）さんも旦那の杉作さんに似て、おとなしいまじめな人だったからねえ」

〝あのころは〟などと、みょうな言い方をする。

話題になっている女はお汐といい、所帯持ちで子が一人でことし五歳らしい。

(知ってるぜ、杉太。門前町の子らとよくここへ遊びに来（く）らあ)

杢之助はその顔を思い浮かべた。実際に、杉太は木戸番小屋によく遊びに来ていた。

　それよりも車町のおかみさんたちの話にお汐の名が出たことに、杢之助はハッとするものを感じていた。いたいけな杉太がお汐の子であることも、気になっていた。それを三人のおかみさんたちの前で、話すことはなかった。というより、話してはならないのだ。

　門前町のおかみさんが問いを入れた。

「ちょいとあんたがた。その指物師の一家、お子もいてまじめなんでしょう？　それがなんで町の平穏を乱すのさ」

「そこさ、もうちょい聞きてえなあ」

杢之助はさりげなく、問いのあと押しをした。

車町のおかみさんは言う。

「だから言ったはずよ。あのころはって」

「いまは違うって？」

と、門前町のおかみさん。

杢之助もそれを思い、

「そう」

軽い調子で言った。

そうした杢之助の軽さを埋めるように、車町のおかみさんたちは言う。

「杉作さんもそうだけど、お汐さんも崩れたわけじゃない」

「そうさ、そうさね。ただ相手がしつこいだけなのさ」

「どういうことだね」

杢之助が問いを入れ、

「男……？」

　門前町のおかみさんはさらに問いを入れた。

　車町のおかみさんが交互に言うには、指物師の杉作は家で細工物をするより、仕事現場に出向いて床の間や納戸や飾り棚の新装をすることが多かった。

　最近のことらしい。亭主が仕事で留守のとき、お汐をよく訪ねてくる男がいるらしい。行商人や商家のご用聞きなどではない。

「ありゃあ、風体から見ると、遊び人さね」

　車町のおかみさんは言う。

　もうひとりが補足する。

「それを玄関から中に入れないなんて、お汐さんもえらいじゃないか」

「でもさ、嫌なら嫌できっぱり断ればいいのに、直接聞いたわけじゃないけど、お汐さんもまんざらじゃない返事をしているのかも知れないよ」

「それで男は脈ありと思い、しつこく言い寄って来るのかねえ」

　門前町のおかみさんと李之助の前で、車町のおかみさんふたりのやりとりになった。

「あの男、どこの誰だか知らないけど、お汐さんにゃぴしゃりと断れない理由でもあるんだろうかねえ」

「なにかお汐さんの弱みを握っているとか」

「亭主の杉作さん、そこに気づいていない……？」

門前町のおかみさんが、割り込むように問いを入れた。

車町のおかみさんたちは応える。

「さあ、そこまでは……」

「どうだろうねえ……」

「杉作さん、まじめを絵に描いたようなお人だから……」

「心配だよう、いつか大変なことになるんじゃないかと」

杢之助が最も懸念し警戒している事態に発展しそうな問題が、いま進行中のようだ。

「分かったぜ、お二方。木戸番がちょいと係り合うてみようかい。もともとまじめな夫婦だったみてえだから、そこへまた戻ってくれりゃいいわけだ。小さな杉太もいることだしなあ」

「そう、そのとおりなんだよう」

「木戸番さんが出て来てくれりゃあ、なんとかなるかも知れないねえ。このままじゃほんと心配で」

　車町のおかみさんたちは話す。

　杢之助はさらに言った。

「そのためにも、お汐さんに言い寄っているとかいう男の素性、儂ももちろん当たってみるが、おめえさんらも気づいたことがあったら、番小屋に知らせてくんねえな。おっと、だからというて、探りを入れるようなことをしちゃいけねえ。それをやっちゃ向こうは警戒し、かえって話をこじらせちまうからなあ」

「そう、そうですよ。あんたがた、ここで話してよかったじゃないの。あたしもこのこと、しばらく他人には黙っておきますよう」

〝しばらく〟などと期限つきだが、門前町のおかみさんの言葉も杢之助にはありがたかった。

二

　まだ朝のうちだ。杢之助は味噌汁を温めなおし、朝めしに入った。

「うーむ」

箸を手にしたまま、持ち込まれた難題にうなり声を洩らしたが、車町のおかみさんたちの話にホッとしたのも事実だった。

車町のおかみさんふたりの話にお汐の名が出て来たとき、ハッとしたものを感じたのは、お汐がいかに子供もある町場のおかみさんに収まっていようと、どことなく世を警戒し、かつ恐れている雰囲気に、

(まさかおめえさん……)

と、秘かに感じるものがあったからだ。

感じたのは、

――女盗賊……?

である。

だが、世間への警戒心も恐れも、それほど強烈なものではなかった。

つまりその稼業が、

(現在じゃねえ。かつて……)

と、判断できるのは、不幸中のさいわいだった。

もし〝現役〟だったなら、町のため世間のため、木戸番人として即座に対処しなければならない。

杢之助がハッとすると同時に、大きな懸念を覚えたのは、町の住人が杢之助とおなじように、お汐におぼろげながらでも〝盗賊〟の臭（にお）いを嗅（か）ぎ取っているかも知れないと思ったからだった。

町の住人がわずかでもそれを感じているのなら、解決の道はひとつしかない。お汐に町から消えてもらうことである。そのとき亭主の杉作はどうなるというより、どうする。五歳になるせがれ杉太の将来（さき）は……。いかに杢之助といえど、町場の木戸番人では処理しきれない問題がそこに生じてくる。

ところが住人たちの関心は、男と女の色恋沙汰（ざた）だった。他人（ひと）の女房に言い寄っている男がいる。よくある話だ。

だからといって、放ってはおけない。車町のおかみさんが〝いつか大変なことに……〟と懸念するとおりなのだ。しかも女は杢之助が〝かつて……盗賊？〟と、目串（めぐし）を刺（さ）したお汐である。どんな事態にいたるか、予測がつかない。

杢之助は車町のおかみさんたちに、お汐に言い寄っているのはどんな男なのか、分かったことがあれば知らせてくれと頼んだ。

すぐ知らせがあった。杢之助がおかみさんたちに〝探りを入れちゃいけねえ〟と言ったように、わざわざ聞き込みを入れて調べたものではない。これまで見逃していたのを、ちょいと気をつければすぐ分かる程度のものだった。

知らせに来たというより、すり切れ畳の上の杢之助の前で、またおかみさんたちふたりのやりとりになった。木戸番小屋は町内のおかみさんたちにとっても、寄り合って世間話をする場になっているのだ。

「あの男さ、三十代なかばかねえ、お店者を扮えてるみたいだけど、お店者にゃ見えないねえ」

「そう、ありゃあ遊び人がにわか商人を扮えてるのさ。お汐さん、相変わらず玄関口で通せん坊するように立ったまま話してたさ。男はあきらめ、結局はまた騒ぎにならず、帰って行ったけど」

おかみさんたちは、騒ぎになるのを期待しているような口調でもある。

杢之助は問いを入れた。

「その男、どこの誰で、どんな話をしているのか、お汐さんに訊いてみたりはしなかったのかい」

「探りを入れてると思われないように、さりげなく訊いたさ。男が帰ったあと、すぐ押しかけて」

「するとどうでしょう。男の話になれば、あたしたちまで玄関から入れようとしないんだからねえ」

「そうそう。むかしちょいと見知った男が来ているだけだなんて、それ以外なあんも言わない」

〝むかしちょいと見知った男〟という以外、お汐はなにも語らないらしい。その者の素性も、名も、どんな話をしていたかも……、すべてが分からない。

異常というほかはない。

杢之助は問いを変えた。

「いつもどの方向に帰（けえ）っている」

おかみさんたちは、

「そうそう。大木戸のほうから来て、帰るときもそのほうに。ねえ」

「こんど来たとき、あとを尾（つ）けてみようかねえ」

「よしねえ。そんな得体の知れねえやつを尾けたりすりゃあ、どんな揉め事に巻き込まれるか知れたもんじゃねえぜ」

杢之助はあらためて車町のおかみさんふたりに、くれぐれも探るようなことはしないよう念を押した。おかみさんたちは木戸番人の杢之助を頼っているのか、うなずいていた。

男はどうやら江戸府内から来ているようだ。

李之助は下駄履きで地味な着物を尻端折にし、首には拍子木の紐をかけ、いかにも木戸番人の町内散歩といった風情で車町に出向き、さりげなく杉作お汐夫婦の小さな家の近辺を散歩した。

李之助の泉岳寺門前町の木戸番小屋は、街道筋で門前町と車町の境に位置していることから、車町の番小屋をも兼ねている。双方の町の町役には、両方の役務を兼ねている者もいる。その木戸番小屋の番人が、ふらりと車町から大木戸のあたりまで、散歩の足を延ばしてもなんら不思議はない。きわめて自然である。


しばらくしたその日、大木戸のこちら側、車町のほうにある、街道にも粗末な縁台を一台出している茶店に、

「おう、ちょいと休ませてくんねえ」

と、腰を下ろした。中に入らない限り、縁台に座っただけで木戸番人から茶代を取る茶店などない。もちろんお茶は出す。

そのすこしまえ、陽がかなり上った時分に、頼んでいた車町のおかみさんが、

「木戸番さん、いま、いまです。あの男、来てる」

木戸番小屋へ知らせに来たのだ。

「ほう。ありがとうよ」

杢之助は木戸番人姿のまま腰を上げたが、お汐の家のほうには向かわなかった。

「あれ？　お汐さんがいま家の玄関口で、言い寄ってる男とやりとりしてるのよ。きょうも中には入れずに」

不思議がる車町のおかみさんに、

「あははは。木戸番人の儂がそんな修羅場へ面を出してみねえ。お汐さんとその野郎の色恋沙汰かい、車町と門前町を挙げての騒ぎになっちまわあ。そやつ、この町でちょいと知られた色男になっちまうぜ。ま、放っとくわけじゃねえが、もうちょいようすを見させてもらうことにすらあ」

言うと街道を大木戸のほうへふらりと足を向けたのだった。揉め事の中身も分からないままお汐と男のやりとりに割って入るより、まず男の素性を確かめておこうと算段したのだ。

男は相当しつこいようだ。それも玄関前で中に入れてもらえず、なかば衆目のなかで、お汐とやりとりをくり返している。そうしたようすから、それがもし色恋なら、その男は相当執心していることになる。

(ともかく大木戸から野郎のあとを尾け、素性を確かめてからだ)

杢之助は算段し、いま往還に出している茶店の縁台に、腰を据えたのだ。

「これは門前町の木戸番さん、こんなとこに。あ、なるほど、車町も町内みたいなもんだもんねえ。ご苦労さん、ご苦労さん」

「ほうほう。散歩がてら、町のようすを見てなさるかね」

声をかけていく住人は少なくない。

首には火の用心の拍子木の紐を下げ、腰には折りたたんだ番小屋の提灯を差している。歩くのも年寄りでいくらか前かがみになっている。どこから見ても木戸番小屋の爺さんだ。そのいで立ちで茶店の縁台に座って茶をすすっておれば、誰だってつい、

「――ご苦労さん」

声をかけたくなるだろう。そのたびに杢之助は応える。

「――ああ、この町に住まわせてもらっているからねえ」

その控えめさも、住人から好感を持たれている。

その杢之助が町の平穏のため秘かに足腰の達者に加え、必殺の足技まで披露する

ことを知る住人はいない。杢之助もいかような問題解決のときも、その技を住人に見られるようなことはしない。

　きょうも杢之助は声をかけてきた住人に、

「ああ、町が平穏であってくれるのに越したことはねえからなあ。それにきょうは天気もよく、このあとちょいと大木戸の内側にでも散歩の足を延ばしてみようかと思うてなあ」

　と、男を尾け府内に入るのを、自然の散歩に見せかける算段をしている。杢之助の、他に類を見ない用心深さのあらわれである。

　三十代なかばと聞くが、杢之助はその男の顔をまだ知らない。だが〝お店者を扮えてはいるが、遊び人みたいな……〟との風貌（ふうぼう）というより、雰囲気は聞いている。そんな特異なようすの男など、そうざらにいるものではない。

（おっ、あの者！）

　いま街道にながしている杢之助の視界で、車町から大木戸を入った、それらしい男がいた。

　なるほどきちりと角帯（かくおび）を締め、合わせも崩しておらず、身なりはお店者を扮えている。だが、まわりを威嚇するような肩を張った歩き方、世をすねたような面構など、まともではない遊び人の雰囲気だ。

周囲を睥睨するように歩を踏み、外から来て大木戸に入ったというより府内に戻った雰囲気だ。茶店のおやじがぽつりと言った。

「最近よく見かける人じゃが、またご府内に戻って行ったか」

街道の大勢の往来人のなかで、最近よく見かけるお店者風で遊び人のような男ということで、印象には残っていたのだろう。おやじの独り言だったから、杢之助は敢えて返さず、

（府内に戻った……か。よし、間違えねえ）

確信し、さりげなく縁台から腰を上げた。

それを見た茶店のおやじが、

「木戸番さん、さっきご府内までって言ってたが、これからかね」

「ああ、天気も気分も、にぎやかに散歩って感じだからなあ」

杢之助は返し、男のあと十歩ほどのところに尾いた。茶店のおやじは、杢之助の〝散歩〟とお店者を扮えたみょうな男が府内に戻ったのを、まったく関連づけるようすはなかった。泉岳寺門前町の木戸番人は、誰が見てもその場の軽い気分から、

ふらりと府内へ散歩の足を向けたのだ。

東海道から高輪大木戸を入れば芝の田町九丁目で、繁華な人や荷馬のながれが府内に向かってつづき、七丁目、五丁目と歩を踏み、一丁目を過ぎて金杉橋を渡れば街道は増上寺の門前町に入る。そこはもう、江戸の中心部だ。ふらりとした散歩ではそこまでは行けない。男の足取りも、そんなに歩くほどの旅支度ではない。

大木戸を入った芝の田町九丁目、八丁目あたりは、他国から出て来て江戸に入ったばかりの者、逆に江戸を出ようとする者で雑然としている。落ち着いた街道沿いの町場といえるのは、七丁目か六丁目あたりからだ。

(やつめ、どこまで行きやがる。いや、どこから来ておる)

念じながら、杢之助は尾いている。

男はゆっくりでもなく急ぎ足でもないのが、杢之助にはありがたかった。尾けるのにちょうどいい歩の踏みようで、しかも街道のながれに沿っている。急いでいたり極度にゆっくりした者を尾ければ目立つし、ふり返られて目と目を合わせたりすれば、奇異に思われ尾けているのを気づかれてしまうだろう。

(あの歩き方、落ち着いてやがる。九丁目、八丁目じゃあるめえ。落ち着きのある町場、七丁目か六丁目あたりにとぐろを巻いてやがるか)

思いながら杢之助は下駄の歩を進める。

当たっていた。九丁目、八丁目を脇道に入らず通り過ぎた。

（さあ、早(はよ)う枝道に入(へえ)りねえ）

胸中に念じる。

場所さえ確かめれば、あとは近くの茶店か一膳飯屋(いちぜんめしや)で訊けばいい。奇妙な雰囲気の男だ。素性はすぐに分かるだろう。街道に歩を取っており、他の町でお茶代はタダというわけにはいかないが、茶店の多いのはありがたい。

（いってえ、どこまで行きやがる）

男はととのった町場になる七丁目も六丁目も、人の流れに乗って通り過ぎた。しかも歩の踏み方が悠然となり、帯はきちりと締めたままだが肩のゆすり方などがいよいよ遊び人になってきた。

（野郎、土地(ところ)を得て本性(ほんしょう)をあらわしてきやがったな）

感じると同時に、

（まさか、増上寺門前？　よしてくんねえ。尾けるだけで半日仕事になるぜ）

思ったが、さいわいこれは外れた。

四丁目で枝道に入った。芝の田町四丁目といえば、東海道ながら街道から三田(みた)方面へ向かう往還が分岐し、街道沿いというより江戸府内の繁華な町場のひとつとなっている。

枝道を入ってすぐの、家々が雑多に建ち並ぶ、ひと部屋しかないほどの小ぢんまりした一軒家に消えた。立地から、街道に面した商家の裏手の離れを借りていることが分かる。

（所帯持ち？）

杢之助は思い、その小さな一軒家の横手を通り過ぎ、裏手にまわった。ひと部屋しかない一軒家なら、それだけで雰囲気はつかめる。

独り者のようだ。

街道に出て、近くの茶店に入った。しっかりした建て方で、常店のようだ。

聞き込みというより、

「そこの裏手の、お店者か遊び人か分からねえ人なあ」

おやじに話しかけた。

茶店のおやじは気さくに応えてくれた。

「ほう。あんた、見かけねえ番太郎のようだが。矢吾市め、どこかの町に新しい部屋でも探しているかね。それでおめえさん、身許調べに来たかい」

「まあ、そういうところで」

杢之助は茶店のおやじに合わせた。

男はやはり手に職を持たない遊び人かやくざ者で、名は矢吾市といい、この町で歓迎されていないようだ。

茶店のおやじは言う。

「どこの町か知らねえが、番太なら知っておいたほうがいい。やっこさん、この町に越して来たのは半年ばかりめえだが、おめえさんも気づいてるみてえだが、決まった仕事もねえ、わけの分からねえ遊び人さ。それで大家から追い立てを喰らってやがるのよ。おめえさんが来たこと、矢吾市にゃ黙っておいてやるぜ。で、どこの番太で？」

「高輪大木戸の向こう側で」

杢之助は正直に応えた。ふところの提灯を出せば〝泉岳寺門前町〟と書いてあるのだ。

「ほう。やはりやっこさん、大木戸を出るかい。まあ、詳しい町の名までは訊かねえが、おめえさん、その町の遣いで来たんだろが、こっちの町じゃ得体の知れねえ遊び人に部屋を貸す大家などもういねえ。おめえの町のお人にも言っときねえ。気をつけなせえって」

　この茶店のおやじは、相手が番太郎のせいもあろうが、きわめて親切な人といえる。杢之助は縁台から腰を上げ、

「ありがとうごぜえやす。知りてえことを全部知ることができやした。うちの町役に話しときまさあ」

　深々と頭を下げた。本心からの気持ちだった。

　矢吾市なる男、やはりまともではなかった。

　ならば……、何者。

　杢之助が他人に対し自分と同類、すなわち盗賊の臭いをかぎ出すのは、その者が世を怖れ隠れている場合である。矢吾市のように、見るからに遊び人と分かる者からは、かえってそれ以外は感じないものだ。

　矢吾市となにやらの係り合いがあるお汐から、かすかに〝かつて……は〟と、それを感じる。ならば、矢吾市も……。それを杢之助はいま感じた。しかも、

（現在も……）

　かも知れぬ。

　だとしたら、お汐との係り合いは……。

――むかし、ちょいと見知った男

（それが盗賊時代か……）

勘ぐりたくなる。

（市井に暮らしているお汐を、なにかのきっかけで矢吾市が見つけ、ふたたび盗賊稼業に引き込もうとし、それをお汐は嫌がっている）

そう解釈すれば、お汐がきっぱりと断れないのも、矢吾市がしつこいのも納得がいく。

芝田町四丁目の茶店の話から、それらの思いが散歩の帰り、杢之助の脳裡をめぐっていた。

三

「うーむ」

歩を踏みながら、うなった。

いま、街道の両脇に石垣の跡だけが残っている大木戸を、府内から江戸の外になる車町に出たところだ。

ひと声低くうなってから、

（さあて、どうする）

胸に込み上げてくる。足はいま街道で地元の車町にある。

いましがたの推測に、

（間違いはない）

杢之助は確信を持っている。

車町や門前町のおかみさんたちが、これを〝くどいている〟くどかれている〟の色恋沙汰にとらえているのはもっけの幸いだ。

（そのように見させておこう）

そこはすでに方針を定めている。

したが、そのあいだにお汐が直面している災難をおもてにせず、なかったこととして秘かに収めるなど至難の業で、矢吾市がどの程度の盗賊かによっては、命のやりとりがともなうかも知れないのだ。

場が車町の街道なら、ちょいと枝道に入って歩を踏めば、お汐とまじめな指物師杉作の住まいがある。

杢之助が〝さあて〟と首をひねったのは、これから直接お汐を訪ね、矢吾市とのやりとりを質すか、それとも矢吾市がどの程度の盗賊か、ほかに仲間はいないかなどを調べてからにするかを迷ったからだった。

胸中にまた〝さあて〟とつぶやいた。

「あぁら、木戸番さん。いま散歩からお帰り？」

〝散歩〟に出る前に腰を下ろした大木戸外の車町の茶店は、いま亭主ではなくおかみさんが縁台に出ていた。さっきは屋内にいて杢之助が〝散歩〟に出るのを聞いていたようだ。いまちょうど府内をふらりと歩いて戻って来てもおかしくない時間を経ている。

「ああ、たまにゃご府内の街道筋を歩くのも気分転換になろうかと思うてな。ご府内はさすがににぎやかななかに、お店も客筋も落ち着いてござる」

「そりゃあ大木戸を入りゃ、街道筋のこちらと違うて、もう広い町場そのものだもんねえ」

おかみさんが応えたのへ屋内から、

「ばか野郎、こっちにゃこっちの立派な役目があらあ。街道を支えてるって役目がなあ」

亭主の声が聞こえてきた。

「そういうこった。儂も番小屋に帰り、その一翼を担わせてもらわあ」

杢之助は返すと、首にかけていた拍子木を手に取り、

――チョーン
ひと打ちした。

杢之助の、お汐と矢吾市の揉め事への対処方針を、いま決めたのだ。

――木戸番人に徹し、番小屋を拠点に矢吾市の周辺を徹底的に調べ、それからお汐さんに当たっても遅くはあるめえ。場合によっちゃ、お汐さんが気がつかねえうちに、矢吾市を車町で見なくなることもあり得るぜ
杢之助の脳裡をめぐる。

「ご亭主におかみさん、よその町から車町や門前町の住人に用があって来るお人がありゃあ、泉岳寺の木戸番小屋を訪ねてみるよう言っておいてくんねえ。力になれることがあるかも知れねえからよう」

「ああ、いいともよ」

「言っておきますよ」

茶店の老夫婦はすぐに返した。どちらも最近よく来る、お店者か遊び人か見分けのつかない男について言っているのを解したようだ。

この車町の茶店は、府内の芝田町四丁目の茶店と違い、直接矢吾市と接していないせいか、当人への嫌悪感はないようだ。

「頼んだぜ」

言うと杢之助は街道を木戸番小屋に向かった。

「あの木戸番さん、ほんに面倒見がいいもんねえ」

「ああ、そういう木戸番さね」

背で茶店の老夫婦は言っていた。

(ともかく、矢吾市と接触してえ)

いま杢之助が望んでいるのはそれである。

(お汐さん、いましばらく粘りとおしなせえ。誰にも知られねえよう、なにごともなかったように収めてみせまさあ)

下駄に音のない歩を街道に踏みながら、杢之助は念じた。

杢之助は飛脚のときの足さばきと、盗賊に身を投じてからの用心深さから、下駄履きで歩くときも音を立てない。それが杢之助の癖になってしまった。忍びの術に心得のある者が見たなら、

(ん？　あやつ、何者！)

思うかも知れない。だが、町内で杢之助のそこに注視している者はいない。杢之助も気をつけている。

いまは街道で往来人は多く、駕籠（かご）も大八車も通る。一人の足元に音がなくとも気にとめる者などいない。その点、杢之助は街道には安心して歩を踏める。気を遣うのは、ひとりで枝道に入ったときなどだ。そのときは故意に音を立て、かえって不自然な歩き方になったりする。

だが、街道に歩を踏むときも、気は遣っている。だから木戸番小屋に戻ったときなど、ホッとする。

いまも府内から戻って来て、

「ふーっ」

大きく息をついた。

陽が中天（ちゅうてん）を過ぎた時分になっていた。

いまついたため息には、ふたつの意味があった。ひとつはむろん、大木戸を入り府内まで歩を踏んだ疲れからだ。

もうひとつは、漠然（ばくぜん）としていたお汐と矢吾市への対処法の基本を決めたことに対してである。

だが、ひとつひとつの具体的な策もまたそうなら、お汐に〝いましばらく〟と念じたものの、いつまでか李之助にもまったく見当がついていない。ともかくいましばらく……早いうちに……なのだ。

木戸番小屋に戻ると、車町のおかみさんがふたり、

「ご府内にあの男、探りに行ってたんでしょう？」

と、そろって顔を見せた。それを見た門前町のおかみさんも来た。三人とも、町内の女を江戸府内の男がくどきにかかっているとなると、興味をかき立てられてたまらないようだ。李之助から口止めされているものだから、そのぶん動きが気になるのだろう。車町と門前町の三人のおかみさんたちは、ずっと李之助を注視しているようだ。

「ああ、行ったさ。男は府内の住人で、やはり遊び人のようだ。三十代なかばで名は矢吾市というそうな」

「矢吾市……、いかにも遊び人のような名だねえ」

「そんなのにしつこく言い寄られてるなんて、お汐さん大丈夫かしら」

おかみさんたちは言う。

「お汐さん、きっぱりはね返してないみたいだけど、矢吾市さんといったねえ、こ

んど来てたらみんなで押しかけ、追い返しましょうか」

「そう、それがいい。あたしたち三人でかかりゃ、男のひとりやふたり……」

「おもしろそう。やりましょう、やりましょう」

例によって杢之助になにかを訊きに来たというより、たちまち木戸番小屋を自分たちのおしゃべりの場にしてしまう。

そこへ杢之助が喙を容れるかたちになる。

「待ちねえよ。おめえさんらが押しかけりゃ、そりゃあ矢吾市め、驚いて逃げ出すだろうよ。それで二度と来なくなるたあ思えねえ。騒ぎを大きくするだけにならあ。それにお汐さんがきっぱり断らねえのは、なにか理由ありかも知れねえ」

「えっ。お汐さん、まさか矢吾市とかにまんざらでもないと……」

「えぇえ！　それじゃ押しかけても、かえって迷惑になるかも……」

「でも、亭主の杉作さんが知らないままじゃ。まじめ一徹のお人だから、気になるよう」

また三人の姦しいやりとりになる。

杢之助は言う。

「早とちりするねえ。お汐さんだが、ええ人だと思わねえかい。騒ぎにしたくねえからやんわりと断って、それで長引いているのかも知れねえ」

「あっ、それもそうね」

「だったらお汐さん、えらい」

「あたしら、そっと見守るのが一番かも知れないねえ」

三人のおかみさんたちは言う。

李之助は色恋沙汰を否定も肯定もしていない。嘘を言っているのではない。三人の町内のおかみさんたちがお汐に近づき、騒ぎになるのを防ごうとしているのだ。それよりも、お汐と矢吾市のせめぎ合いが、盗賊稼業がらみかもしれないことを、三人に気づかれてはならないのだ。

李之助はさらに一歩踏み込んだ。

「そうさ。見守るのが一番さ。矢吾市にゃ儂がなんとか声をかけ、お汐さんに近づかねえよう算段しようじゃねえか」

「えっ、さすが木戸番さん。なにかいい方法でもありなさる?」

おかみさんのひとりが言うと、あとのふたりも期待したように李之助に視線を向ける。李之助がそれらの目に返す。

「だからおめえさんら、早とちりしなさんなって。それをこれからじっくり考えるんじゃねえか。きょう大木戸の向こうまで行ったのは、そのためでもあるのさ。これで矢吾市のほうからも、番小屋に出入りしてくれるようになりゃあ、御の字なんだがなあ」

「えっ。あの男、矢吾市さんとか。番小屋に来なさるので？」

と、またひとりが言う。

杢之助は返す。

「だからあ、おめえさんら、早とちりが過ぎるってんだ。そうなりゃあいいなあってことさ」

「ありゃ、まだ来るかどうか分からない？」

と、またもうひとり。

杢之助が返す。

「もし来るようになりゃあよ、おめえさんら、わざわざ見に来たりするんじゃねえぜ。やっこさんが番小屋へ来るのはよ、自然なかたちでなけりゃならねえ。こたびの件に、端から係り合うているおめえさんらが来てみろい。矢吾市め、用心して来なくなっちまわあ」

「うふふ。こたびの件、あたしらがそもそもの始まりだからねえ。あとは木戸番さんに任せたけど」

またひとりが言うと、あとのふたりも満足そうにうなずいていた。

四

「さあて」

声に出した。

三人のおかみさんたちが帰ったばかりだ。

〝いい方法〟を思いついたわけではない。

だが、やるべきことはいくつもある。

ここは杢之助のいる泉岳寺門前町の木戸番小屋だ。気をつけておれば〝方法〟のほうから飛び込んで来る。

府内への〝散歩〟から戻った杢之助はいま、すり切れ畳の上に腰を据え、つぎの展開を思い、声を上げた。

いかなる動きが、いま杢之助の念頭にあるのか。

――来(こ)よ

である。

高輪大木戸の外側、すなわち江戸を出たあたりに、なにやら不穏にうごめくものを感じたとき、かならず泉岳寺門前町の木戸番小屋に、

『相変わらずお元気そうで……』

と、いくらか辞を低くして杢之助を訪ねて来る男がいる。

身も面も引き締まった印象で、三十がらみのながれ大工の仙蔵だ。

きょう午前、府内の芝田町四丁目に矢吾市の探索に歩を踏んだときから、

（仙蔵どんの合力があれば、それこそ役に立ってくれるのだが）

と、すでに仙蔵の風貌が、念頭に浮かんでいた。

すり切れ畳の上にひとりになり、向後のながれを思うと、さらにそれが思われてくる。思うよりも、向後の策には仙蔵の合力が必要なのだ。

そうしたとき、大工道具を肩にした仙蔵がふらりと杢之助のいる木戸番小屋に顔を見せるのは、実は不思議でも偶然でもない。それこそ自然のながれであり、必然でもあるのだ。

仙蔵は町場を歩くとき、親方なしのながれ大工よろしく、常に単独で仕事に応じられるように、大工道具箱を肩にしている。ちょいと家の修繕などを頼みたい者

には、実に重宝な存在だ。そのように独りで町場に歩を踏む仙蔵の正体は、なんと火付盗賊改方が町場に放ち、町に溶け込ませている密偵なのだ。

その密偵との合力を、世を忍ぶ杢之助が望んでいる。どういうことか。

密偵の役務は、町場に揉め事が起こりそうなとき、あるいは盗賊がうごめいているらしいとのうわさをつかんだとき、町場にそれを確かめ、事前に盗賊どもを洗い出すところにある。しかもながれ大工の仙蔵は、杢之助がいる高輪の街道筋の町々を縄張にしている。

密偵が役務を秘め一帯を徘徊すれば、当然木戸番人の杢之助に行き当たる。仙蔵は火盗改のなかでも優れた密偵であり、目付や徒目付たちの信頼も厚く、木戸番人の杢之助をすこぶる重宝している。

杢之助も仙蔵を、

（さすがは親方なしのながれ大工か、仕事を得るため町の人らのようすにゃ詳しいものよ）

と認識し、町の平穏を保つ木戸番人の役務に重宝した。

ふたりが幾度かやりとりを重ねれば、仙蔵は杢之助には他人に言えない以前があり、それも相当な存在感があった人物と見抜き、杢之助も仙蔵が火盗改の密偵と気づく。だが、双方ともそれを口にしない。

——町の平穏を保ち、場合によっちゃ現場で悪党の排除も

目的がおなじで互いに合力できれば、相手に以前があろうと、背景が火盗改の密偵であろうと、そんなことはどうでもよい。

いつの間にか還暦に近い木戸番人の杢之助と、三十がらみの若い大工で火盗改密偵の仙蔵とのあいだには、どちらも口にこそ出さないものの、〝互いに合力できれば〟との了解が成り立っていた。

そこは町のようすに精通した木戸番人と、情報量の多い火盗改の密偵である。杢之助が町場のいずれかに不穏を感じたとき、仙蔵もまたおなじように別の方面からそれを感じる。

そうしたとき決まって、仙蔵は自分の得た情報が正しいかどうか、さらにもっと詳しく知るため、杢之助に確かめに来るのだ。もちろん杢之助も、そうした仙蔵から得るものは少なくない。

そのような係り合いがあれば、仙蔵が木戸番小屋に訪いを入れそうなときが、自然と分かるのだ。いまがそのときだ。だからといって待ち人が思いどおりに来るわけではない。仙蔵にもあちこちに聞き込みを入れ、ようすをうかがうのにけっこ

う手間ひまをかけているのだ。

　そうした一日、陽が西の空にかなりかたむいた時分だった。

「おう、木戸番さん。いま帰ったぜ」

　木戸番小屋に、疲れてはいるがまだ威勢のある声を入れたのは、角顔で前棒の権十だった。

「きょうも、よう稼がせてもらったい」

　とつないだのは、後棒で丸顔の助八だ。近辺では権助駕籠と呼ばれている、木戸番小屋の前の広小路の奥に住まう駕籠舁き人足だ。

　ともに働き盛りの三十路で、毎朝木戸番小屋の前を抜け街道に出る。そのたびに番小屋に声をかけ、帰って来たときもひと声入れ、奥の駕籠だまりの長屋に戻る。町場で変わったうわさ話を聞いて来た日などは、駕籠を番小屋の横に置き、

「――きょう、増上寺の近くでよ……」

　と、すり切れ畳に腰を据え、ひとしきり町場で耳にした話を語って行く。この日もふたりは木戸番小屋に声をかけ、番小屋の敷居をまたいだ。

「おうおう」

　と、杢之助の迎える声とともにすり切れ畳に腰を据え、ふたりそろって奥に向か

い上体をねじった。話したいうわさがあるようだ。

その話に杢之助はおよその見当をつけ、

「ほう、なにか変わったことでも聞いて来たかい」

興味とともにさきをうながした。

前棒の権十が言う。

「増上寺のご門前で客待ちしてたらよ、たむろしていた人らがあの話をしてやがんのよ。ことがことだけに、気になってなあ」

「あの話？」

杢之助が関心を持ったように問いを入れ、

「ほれほれ、権よ。おめえいつもそうだ。話が途中からで順序立てもしねえから、聞いているほうはなんのことか分かんねえじゃねえか」

と、後棒の助八がたしなめるのもまた、いつものことだ。

「てやんでえ。だったらおめえが話せ」

と、権十が毒づくのもまたいつものとおりだ。

そこに慣れている杢之助も、いつもの笑顔でふたりのやり取りを見ている。やがてふたりは交互に話し始める。このときは助八が主導し、話を端折りたがる権十が脇役になるから、話の内容はよく伝わる。

駕籠舁きふたりが話す町のうわさは、杢之助の予測どおりだった。杢之助の予想したのは、この芝高輪一円から東海道の広い範囲にかけ、盗賊のうわさが広まっているらしいとだけで、それがほんとうかどうかを確かめる方途はなかった。

一月ほどまえ、火盗改の役人が品川で七、八人組の盗賊を追いつめたが、捕方の準備不足から、一人の面体も確かめることができないまますべてを取り逃がすという、役人には実に不名誉な捕物劇があった。

それは杢之助も聞いて知っている。

元大盗白雲一味の副将格だった杢之助の感覚では、そうしたとき、盗賊どもは遠くへ逃げるのではなく、逆に近くにたまり場を置くこともある。それが役人の目をくらますことになるからだ。

また、一度役人に追い立てられた盗賊団は、たとえ逃げのびたとしても御用提灯に怯える者があらわれ、仲間の人数を減らす場合がある。そうなれば残った盗賊どもは新たに人を集めるか、昔の仲間を呼び戻したりする。杢之助にもそうした経験がある。

そこで目についたのが、お汐をくどこうとしている矢吾市の姿だった。そうした思いのなかに、杢之助はお汐の元に通いつづける遊び人風の矢吾市を見たのだ。しかもお汐に杢之助は、〝以前によからぬ稼業に〟の感触を覚えている。そこに町場のおかみさんたちのように、色恋沙汰を想像する余地はない。

駕籠舁きの権十と助八が話した町のうわさとは、増上寺門前や日本橋に近い街道沿いの町々に、盗っ人が出没しているというものだった。

「まったくケチなコソ泥だぜ。しかも幾人かが組んでやがるそうな」

「そう、それがあちこちに立てつづけに。危ねえ、危ねえ」

と、権十と助八。

「そりゃあ危ねえ。門前町も気をつけておかなきゃなあ」

「そうそう。コソ泥なんざ、どこへ出るか分かんねえからなあ」

「あはは。こっちに出りゃあ、取っ捕まえてやるんだがなあ」

杢之助の言葉に助八が返し、権十が笑いながらだが、ほんとうに取っ捕まえそうな口調で言い、ふたりそろってすり切れ畳から腰を上げた。

敷居を外にまたごうとした助八がふり返り、

「ながれ大工の仙蔵さんともすこし話したがよ、盗賊を心配というか気にしていてよ、木戸番小屋にうわさが集まっていねえか、あしたにでも訊きに来てえって言ってたぜ」

「そうそう。言ってた言ってた。やっこさん、てめえが大工だから家の入り口が気になるのかなあ。盗賊はどこから入るかなんてなあ」

権十がつなぎ、あらためてふたりそろって敷居を外にまたいだ。どちらもながれ大工の仙蔵が盗賊に関心を寄せていることに、世間並みで特別な意味があるなどとは感じていない。もっとも駕籠舁き人足にそれを覚られるようでは、火盗改の密偵は務まらないが。李之助が特殊なものに気づくのは、李之助自身が元盗賊だったからである。

駕籠舁きふたりの背を見送り、

（そうか）

李之助はうなずいた。コソ泥とはいえ、頻発しているのは出来心の素人などではない。そろっていた人数がいなくなり、

（手持ち無沙汰になって、こまめに盗賊稼業をやってやがるか……）

そうだとすれば、

（大した賊じゃねえ。したが、そんなのに限って危ねえ。なにかの拍子に刃物をふりまわしたり……）

杢之助の最も嫌悪(けんお)する盗賊のやり口だ。

思えてくる。

(お汐さんよ、もうすこし粘(ねば)っていねえ。矢吾市の身辺をもうちょい調べ、なにごともなかったみてえにしてやるからよ……)

同時に、

(大工の仙蔵どん、あしたかい。きょう来てもいいんだぜ)

胸中につぶやいた。

待ち遠しいのだ。

五

やはりながれ大工の仙蔵は、かつて修繕などの仕事で入った家々をまわり、広範囲に町のうわさを集めていた。

「あのながれ大工の人、ふらりと来て塀(へい)など傷(いた)んでいるところはないかなんて。コソ泥が出まわっていると聞くからなんて。そのうわさならあたしも聞いているさ。だから逆に気をつけてって言っておきましたよ」

「泥棒の話、ほんとうのようだから、裏の勝手口、いつもの大工さんに見てもらいましたよ」

と、木戸番小屋の前を通ったついでにちょいと立ち寄り、話して行く商家のかみさんや女中衆が、きのうきょうだけでも幾人かいた。どの顔も真剣で、世間話というより、

「木戸番さんも、気をつけていてくださいねえ」

と、注意をうながすものであった。

「ああ、なにごともなく町のお人らが過ごせるようにするのが、儂の仕事じゃからなあ」

杢之助が返すと、ようやく住人は笑顔を見せる。

仙蔵がそれらに混じって木戸番小屋に顔を見せたのは、権助駕籠が言っていたように次の日の、それも陽が西の空にかなりかたむいた時分だった。

軽快な職人の腰切半纏（こしきりばんてん）に道具箱を担いだその姿を見るなり、敷居を内にまたぐまえから、

「おおう、奥の駕籠屋からおめえさんがきょう来るのは聞いていたぜ。さあ、入んねえ。座っていきねえ」

と、李之助は三和土よりもすり切れ畳を手で示し、自分の腰を奥に引いた。

「へえ、おじゃましやす。きのう権助駕籠のお人らからも、例のうわさを聞きやした。番小屋にゃもっと入っていねえかと思いやして」

言いながら仙蔵は敷居をまたぐと、肩の道具箱を脇に置き、李之助の勧めに従ってすり切れ畳に腰を据えた。

李之助は仙蔵が腰を落ち着けるのを待ち、

「おめえさん、盗賊どもの実体をつかんでいるかい。一月ほどめえに品川で捕方に追いつめられ、逃げ延びたやつらじゃねえのかい」

「おっ、さすがは木戸番さん。そこまで見抜いてござんしたか」

と、一介の大工などではなく、言い方さえ変えれば、お上の立場から李之助の見方が正しいと断定するような返答だ。仙蔵は相手が李之助だから、そのように応えたのだろう。

（この木戸番、俺の背景に火盗改が見え隠れしていることを、とっくに見抜いてござる。なのにそれを俺に確かめようともしねえ。不気味で底知れねえお人だぜ、この人は）

そう感じているからこそ、仙蔵はかえって李之助には自分の背景を明かすようなことをつい言ってしまうのだ。仙蔵は木戸番小屋に来て杢之助と話すとき、かえって心を開いていることになる。

　杢之助はさりげなく返す。

「やはり、お上はそのように」

「いえ、お上じゃのうて、あっしの見方でやして」

　言いながら仙蔵は上体を杢之助に向け、言葉をつづけた。

「お上はやつらが遠くへ逃げず、こうも近くでまたぞろ悪さを始めるなど想像しかねえもんで、ただの悪どもが幾人か集まったものと見なしておりやすようで。まったく困ったもんで」

　と、現場に疎い上役たちへの批判まで口にした。もう、まったくお上につながる者としての言いようだ。杢之助もそれをさりげなく受け入れ、言っている。

「で、おめえさんら、あの盗賊どもをどう見ているね」

〝おめえさんら〟とは、火盗改が各地域に放っている密偵たちのことだ。仙蔵はまるで自分が大工の職人姿を扮えているのを忘れたように、

「へえ、それなんでさあ。あいつら、御用提灯に追われた連中だ。それがまた徒党を組みおって」

「そう。盗みをくり返しながら人数を固め、やがては大盗にと夢見というか、目論んでおるのじゃろ」

「なるほど。目指すもの、実現しそうですかい」

「ふふふ。大盗など、そうたやすく組めるもんじゃねえだろうに。ともかくやつらの現在のやり口を細かく調べりゃあ、そのさきが見えてくらあ。木戸番小屋じゃうわさしか集まらねえ。おめえさんなら直接町々を歩いている」

「へえ、大工仲間もおりやす。訊いておきやしょう」

「江戸府内での動きも、具体的にな」

「むろん」

仙蔵はうなずいた。

杢之助も無言のうなずきを返した。

それぞれが胸の内を吐露しおわったころ、外はすでに暗くなりかけていた。この日、双方にとって有益だった。いまうごめいている矢吾市に、共同で対処しようと語り合ったのだ。片方は元大盗白雲一味の副将格を務めた男であり、片方は現役の火盗改の密偵である。組めば、成果は大きいはずだ。

しかし杢之助は、矢吾市が車町のお汐をくどこうとしていることは伏せた。

お汐について、李之助はあくまで町内の問題として仙蔵には伏せておきたいのだ。最終的には仙蔵どころか町内の誰にも知られず、なにごともなかったように収めたい。それが李之助にとって、町内に起こった問題の最善の解決法なのだ。

大工の道具箱を肩に、

「また来させてもらいまさあ」

と、木戸番小屋の敷居を外にまたいだとき、仙蔵の脳裡はすでに、

（きょうはもう遅い。あしたは朝から大木戸の内側で）

決めていた。

（増上寺近くの街道筋にも、その兆候（ちょうこう）があると言っている同輩（どうはい）がいたなあ）

李之助が〝江戸府内での動きも〟と言ったとき、仙蔵の脳裡へ同時に浮かんでいたのだ。

その仙蔵の背を見送りながら李之助は、

（頼むぜ。火盗改や町奉行所に下手（へた）に動かれた日にゃあ、騒ぎが大きくなるだけだからなあ）

念じた。

それだけではない。

(幾人かでも取り逃がしゃ、品川のときの役人とおなじだ。不穏な事態を先送りするだけにしかならねえ)

杢之助は確信している。役人以上に、町の平穏を考えているのだ。

そこに同調しているのが、町場を知るながれ大工の仙蔵である。火盗改の密偵の仙蔵が、杢之助と組むことによって杢之助を火盗改の探索から護っていることになろうか。

次の日、実際に朝から仙蔵は高輪の大木戸の内側に入っていた。大木戸を入れば街道一帯は芝田町だ。

門外の車町や泉岳寺門前町のうわさなら、小刻みに杢之助の木戸番小屋にも入ってくるが、大木戸の内側になれば権助駕籠に頼ることになる。

だが、権助駕籠の権十と助八から聞くうわさは、たまたまふたりが街角で聞いたもので、系統立てて聞き込みを入れ、まとめたものではない。仙蔵なら、それをやってくれる。

「おぉう、木戸番さん。ながれ大工の仙蔵さんよ、街道で芝の田町も過ぎ、増上寺の門前で見かけたぜ」

「あの人、大工なのにながれだから、あんな遠くまで行くんだなあ」

と、ながれ大工の仙蔵を増上寺の近くで見かけたと泉岳寺門前町の杢之助に伝えたのは、権助駕籠の権十と助八だった。きょうは朝から高輪の大木戸で客待ちをして増上寺までの客に恵まれ、増上寺門前で休憩がてら客待ちをすると、これまた運よく高輪大木戸までの客にめぐり合えたのだ。

その権助駕籠が戻って来たのは、午（ひる）すこしまえだった。しばらく休んでから、また大木戸で客待ちをするといって杢之助の木戸番小屋に入って来たのだ。そこで仙蔵と増上寺門前で出会ったことが話題になった。

「ほおう、仙蔵どんなあ。そうさ、親方なしだから、個別に頼まれりゃ増上寺でも日本橋でも行きなさろうよ。それだけ腕は確かってわけさ」

「大（てえ）したもんだ。地元の泉岳寺門前町や車町だけじゃのうて、あんな遠くからも声がかかるなんざ」

杢之助が言ったのへ前棒の権十が返し、さらに杢之助が、

「仙蔵どんなあ、遠くでも一カ所にじっくり腰を据える仕事だから、その土地土地にながれているうわさも、じっくり聞くだろうよ。言ってなかったかい。いまこっちにもながれている、あの話よ」

「ああ、コソ泥なあ。言ってた言ってた。こっちでうわさされてるみてえに、空き巣狙いみてえなのがしょっちゅう起きてるんじゃのうて、真夜中に幾人かで入る本格的なのが、ほんとうにいるらしいって」

「すでに街道沿いでやられた商家が二、三軒あるとか。人の被害はねえらしい。そういう本格的な泥棒なら、俺たちみてえな長屋住まいの者にゃ関係ねえや。大工の仙蔵さんも、そう言ってたぜ」

　ふたりは交互に言う。

「ほう。仙蔵どんがそんなことを」

「増上寺の門前で立ち話だったがよ。大木戸の外の話も聞きたがっていたから、きょうもまた番小屋にも来るんじゃねえのかい」

「ああ、そんなこと言ってた言ってた」

　と、権十と助八は言うと、また大木戸へ午後の客待ちに出かけた。

　杢之助はふたたび、仙蔵が来るのを待つ身となった。

六

仙蔵が、

「またおじゃまさせてもらいやすぜ」

と、大工の道具箱を肩に杢之助のいる木戸番小屋に顔を見せたのは、きのうより
も早い、太陽がほんのすこし西の空にかたむきかけた時分だった。

二度目のせいもあろうか、

「おぉう、待ってたぜ。さあ、座んねえ」

杢之助が言ったとき、仙蔵はすでにすり切れ畳に腰を下ろしかけていた。

さらに上体を杢之助のほうへ向けながら、

「きのうきょうだけじゃござんせん。街道筋はもうあの話でもちきりでさあ」

「そのようだな。番小屋に凝っとしていても入ってくるのじゃからよ。おめえさん
みてえに外を歩いてりゃあ、まっこと込み入った話も聞かされることになるだろう
なあ」

「へえ。まったく、そのとおりで」

仙蔵は返し、そこに疑念を覚えている顔つきになった。

杢之助はその仙蔵の表情をのぞき込む仕草をとり、

「どうしたい。なにかおかしな話でも？」

「おかしくはねえんでやすが、どうも分からねえんで」

「なにが」

杢之助は問う。

「それなんでさあ」

と、仙蔵が二日つづけて木戸番小屋を訪ねた目的は、自分の覚えた疑念を杢之助に詳しく質すのが目的だったようだ。

杢之助はすり切れ畳の上にあぐらを組んだまま、ひと膝まえにすり出た。腰切半纏の仙蔵もすり切れ畳に腰を据え、杢之助のほうへ上体をねじったまま、

「空き巣や置き引きの類が頻発したんじゃ、町々のうわさになっても不思議はありやせん。土地の住人に注意をうながすにも、そうしたうわさは派手にながれたほうがいいと思いやす。したが、うわさのながれているのが不逞の連中の耳にも入りゃあ、やつら警戒してしばらくおとなしくなるか、荒らす場所を変えるかするはずでやすから、うわさの出まわるのも考えものでさあ」

「そのとおりだ。おめえ、さすが大工で家々の戸締りにも気をつけているせいか、詳しいじゃねえか」

「まあ、仕事柄、関心はありまさあ」

仙蔵の言う〃仕事柄〃には、大工としての仕事柄も火盗改密偵としての立場も含まれていよう。そこを仙蔵はすらりと言い、杢之助もすずしい顔で聞いている。ふたりのあいだには隠し合うことも探り合うこともなく、町の平穏について相当込み入った話ができる。

だが、杢之助がかつて大盗白雲一味の副将格だったことは、火盗改密偵の仙蔵とてつかんでいない。しかし、それ相応だった一時代が杢之助にあることは看て取っている。

「ところで、木戸番さん」

と、仙蔵は杢之助の渋い皺を刻み込んだ表情を凝視した。仙蔵はいよいよ本題に入ったのだ。

「うむ」

杢之助は緊張を覚えた。

仙蔵は語る。

「現在ながれているうわさにゃコソ泥や空き巣の類から、徒党を組んでの本格的な押込みの一味まで含まれていまさあ」

「そのようだ」

「したが、コソ泥や空き巣の類は単なるうわさだけで、ほんとはそんなの出ちゃいやせん」

「へえ、そうかい。したが、町のお人らに注意を呼びかけるにゃ有益だぜ。番小屋も住人のお人らから幾度か言われたぜ」

「そうでやしょうねえ。そこで分からねえことが、ひとつありまさあ」

「ふむ。聞こう」

杢之助は前にかたむけていた上体を、さらにかたむけた。

仙蔵は話す。

「うわさと違い、実際に出ているのは数人による本格的な押込みだけでさあ。それも江戸府内の街道筋で二回、いや三回くらいはあったかも知れやせん。ともかく一回こっきりじゃござんせん」

「そのあたりなあ、番小屋じゃ詳しい話は入ってこねえ。府内でもどこでも出入りできるおめえさんのほうが詳しかろう」

「へえ」

　仙蔵はそれを肯定し、

「分からねえのはそこなんで。つまりコソ泥のうわさと本格的な押込みの話が重なり、まるで本格的な押込みが頻発しているみてえな、あり得ねえことが起こっていると錯覚している向きもありまさあ」

「それは儂も感じておる。それがどう不思議なんでえ」

「へえ。押込みのやつら、てめえらがうわさの真っただ中にいることを知らねえはずはねえ。それなのに、うわさの届かねえところへなぜ逃げねえ。そればかりか、まるでうわさを裏づけるみてえに、街道筋で押込みを働いてやがる。こんなやつら、これまで見たこたござんせんぜ」

「ふむ。そやつらがどのあたりにとぐろを巻いていやがるか、およその見当はつけているわけだな」

「そりゃあまあ。品川で逃げのびた連中じゃござんせんかい。面は割れておりやせんが、こっちのあたりに住みついてやがること、お上はまだ見当もつけていねえようで」

　お上に通じていることをにおわせる言葉だが、

「ほう、そうかい」

また杢之助はさらりと返し、

「面は割れていねえのに、そやつらがこっちに住みついてるって、お上に分からねえことが、おめえさんにゃなんで分かるんでえ」

「あははは、その問い、木戸番さんらしくござんせんぜ。人を探すとき、顔は知らんでも感覚や雰囲気で探すこともござんしょう。以前からの住人のお人らとは違った立ち居振る舞いをしていたり、そこにどんなやつらが出入りしている……と。そんなのから目標の相手を割り出すこともできやしょう」

「むむっ」

杢之助は焦りとともにうなずいた。そのとおりなのだ。杢之助自身が日ごろからそれを念頭に置き、役人の筋から目を付けられぬよう注意している。だから火盗改の密偵に仙蔵のようなのがいることに、杢之助は脅威を感じるのだ。

（ふーっ。それが仙蔵でよかったぜ）

いまほど思ったことはない。

（こやつ、儂に人に言えねえ以前のあったことは看て取ってやがる。それを口に出さねえ。不気味だ）

とは、李之助が常に思っていることだ。

「木戸番さん、みょうなうなずきをしなすったね。大木戸の外の界隈に、この町内の住人とは異なる者が入って(へえ)きて、なにやら徘徊(はいかい)していること、とっくに気づいておいでやしょう」

話は李之助が不気味に感じていることから逸(そ)れた。

ひと安堵(あんど)すると同時に、

(こやつ、いずれかで矢吾市に目をつけたか。しかも矢吾市が車町のお汐をくどこうとしていることに気づいた……？　それを儂に確かめに来た……？)

もしそうだとすれば、お上の手先までお汐に目を付けたことになる。

(まずい)

李之助が目標としている、すべてがなかったこととして事態を収めるのは困難になる。なにしろ李之助の勘では、

(お汐にゃ、かつて女盗賊だった一時期がある)

李之助は仙蔵の口から、

(いかような問いが飛び出すか)

秘かに緊張を覚えた。

仙蔵は言った。

「木戸番さん、ずーっとここにいなすってお気づきでやしょう。どこにねぐらをおいてやがるのか、遊び人の矢吾市でさあ」

「ああ、あの男。やつはこっちの住人じゃねえ。江戸府内から来てやがるようだ」

「そう。木戸番さんが気にかけなすっているとおり、やつこそ品川で追い立てられた盗っ人のひとりで、しかも兄貴分格でさあ。だからやつを見張ってりゃあ、あのとき逃げのびた野郎どもがまた徒党を組むかどうか分かるって寸法でさあ。いえ、あっしじゃのうて、役人に通じている筋から聞いたんでやすがね」

「ほおう、そうだったのかい」

杢之助は初めて知ったふりをし、

「矢吾市は見るからに遊び人で、なにをやってるやつか分からねえ。ちかごろこっちの車町でよく見かけるから、気にはなっていたのよ。そうかい。品川で追い立てられた盗賊のなかでも、兄貴分格？　危ねえ危ねえ。したが、こっちの車町や門前町で不逞(ふてい)を働いている節(ふし)はねえぜ。コソ泥や空き巣の類もな。で、その矢吾市がどうかしたかい。気になる話じゃねえか」

「そうなんでさあ。さっきも話しやしたとおり、大木戸のこっちも向こうも盗っ人の話で持ちきりで、それを矢吾市やその一味が知らねえはずはねえ」

「もちろんだ。じれってえぜ。おなじ話を幾度もするねえ」

「いえ、さしてもらいやすぜ」

「もぉう」

「木戸番さんも気づいていなさるはずじゃねえですかい。矢吾市はまだ身を隠しちゃいねえ。やつの仲間とおぼしき連中も、誰ひとりとして姿を消しちゃいねえ」

「おいおい。〝やつの仲間〟だの〝誰ひとりとして〟だのと、矢吾市のお仲間がそんなにいて、いちいち分かっているのかい」

「あっしじゃござんせん。大工（でえく）仲間から聞いた話でさ」

「ほう」

火盗改の密偵の数は多いはずだ。もっともそれらのすべてが、大工とは限らないが。行商人もおればそば屋の屋台もいよう。仙蔵はそれらを〝大工仲間〟と言い、杢之助もそれを信じているふりをしている。

「木戸番さんはここに凝（じ）っとしていなすって、どう感じやす。やつらの仲間に気づいておいでじゃねえのなら、矢吾市ひとりについてでもようござんす。さっきも言いやしたとおり、やつを見ていりゃあ、その仲間たちも見えてきやすから」

「きょうのおめえ、おかしいぜ。いってえ、矢吾市のなにを訊きてえ。儂はやつがこっちの町場を徘徊しているのが気になるだけで、やつと口をきいたわけでもなんでもねえんだぜ」

「分かってまさあ。つまりでさあ、木戸番さんは見ただけでやつが胡散臭いと感じなすった。その矢吾市め、盗っ人ですぜ。それなのにうわさから身を隠さねえばかりか、こっちの町場にまで出歩いてやがる」

「そういやあそうだなあ。やつめ、泥棒なんかじゃねえんかも知れねえぜ」

「まじめに聞いてくだせえ。木戸番さんもやつを盗賊と見抜いておいでのはずで。それで訊いてるんでさあ」

「だから、なにを」

杢之助にしては、矢吾市がお汐を盗賊に口説き落とそうとしていることを、火盗改の密偵に知られたくない。お汐は押しも押されもせぬ、家族そろっての車町の住人なのだ。

「へえ」

と、仙蔵は杢之助の表情を凝視して言う。

「木戸番さん、矢吾市のあの動き、どう見なさる。盗賊が逃げも隠れもしねえ。鈍いのか、なにか目的があるのか……。いえね、あっしが大工仕事でお屋敷に出入りさせてもらっている、三田寺町の捕物好きのお旗本も、品川で逃げ延びた盗賊どもはその後どうしてるかうわさに聞かぬかと興味を持たれやしてね」

仙蔵の口からときおり出る〝捕物好きのお旗本〟はすなわち火盗改の与力で、仙蔵はその与力にことさら目をかけられているのだ。仙蔵は火盗改の組織として同心の配下に入っているが、直接与力にもつながっている。それだけ仙蔵が、火盗改の密偵として優秀ということになろうか。

杢之助は返した。

「ほう。おめえさん、顔が広えからなあ。その捕物好きのお旗本に言っときねえ。盗賊の考えることって、盗賊じゃねえと分かんねえってよ」

「なるほど、盗賊なら分かるってことですかい。ますます木戸番さんに訊きとうなってきやした」

「みょうな言い方をするねえ。まるで儂がむかし……」

言いかけた言葉を杢之助は呑み込み、言葉を変えた。杢之助はこれまで仙蔵との会話で、嘘をついたことは一度もないのだ。このさきをつづけたなら、初めて仙蔵に嘘をつくことになる。

「まあ、そのう……」

李之助は言葉をにごし言った。

「飛脚として全国を走り、あちこちで聞いた話だが、盗賊にもいろいろあらあ。むかしの盗賊なら、どんな豪胆な大盗でも、身の用心を第一に考え、いささかでもてめえたちに係り合ううわさがながれりゃ、即座に居場所を変えらあ。ところが時代が変わりゃ、考えの違う盗賊が出てきても不思議はねえ。むしろそのほうが、お上の目をくらませられるのかも知れねえ」

「ほう、どんなふうにでやしょう」

仙蔵はさらに上体を李之助にかたむけた。

李之助は言う。

「役人はこれまでの経験から、盗賊はすぐ逃げるものと思い込んでいる。そこへ逃げず、うわさのなかに住み込めば疑うことなく、まわりとおなじ市井(しせい)の民(たみ)とみなすじゃろ」

「なるほど、確かに。で、やつら、ひとりじゃねえですぜ。なにやらしきりに動いているような」

「それよ。儂も気になっていたぜ」

李之助は返したが、仙蔵がそこまで睨んでいたとは、

(気がつかなんだぜ)

秘かに思い、言葉をつづけた。脚色はない。李之助の本心だ。

「この街道界隈にとどまってお上の目をくらまし、且つうわさを助長するような働きもする。その筋の者や、そこにあこがれているような不逞なやつらにすりゃあ、それが誰だか分からあ」

『木戸番さんみてえに』

言いかけた言葉を仙蔵は呑み込んだ。仙蔵から見れば、李之助は明らかに〝その筋の者〟なのだ。

代わりに言った。

「町を見守る木戸番さんとしちゃあ、やつらの動き、なんのためだと思いやすね。役人の目をくらますだけじゃのうて、まるでその筋の者どもにてめえの存在を誇示するみてえにふるまってやがる」

「おめえ、すでに答えを口にしてるじゃねえか」

「えっ?」

「品川で盗賊どもが役人に打ち込まれ、ばらばらに逃げたのはひと月ばかりめえだ

った なあ」

「その話なら、あっしも大工(でぇく)仲間から聞きやした」

仙蔵はなおも〝聞いた話〟として語っている。

「儂ゃあ町場にながれている程度のうわさしか聞いちゃいねえが、盗賊どもはその後もばらばらっていうじゃねえか」

「そのとおりで。あっ、その品川とは街道一筋でつながっている高輪の大木戸界隈で、やつら存在感を示してやがる」

「そうよ。おめえ、言ってたじゃねえか。矢吾市たあ、逃げのびたやつらのなかでも兄貴分格だってなあ。つまり……」

つづきを仙蔵自身が引き取るように語り始めた。

「てめえが街道筋でも品川宿に近え高輪界隈で、ほれ、このとおり安泰(あんたい)で、お勤めもちゃんとやってるぜってことを逃げた仲間に知らせ、人数がそろえばもう一度徒党を組む……と」

「そんなこと、儂に訊かんでも、おめえ、とっくに気づいてたんじゃねえのかい。儂ゃあ、やつらの名を知らねえ。盗賊一味なら個人の名じゃのうて、一味の呼び名があるだろう。たとえば……」

杢之助は思わず「白雲」の名を出しかけたが、慌てて呑み込んだ。
白雲一味——杢之助としては、世間から忘れてもらいたい名だ。

「そのことでやすがね」

仙蔵は言った。だが、杢之助が呑み込んだ「白雲一味」の名に反応したわけではなかった。仙蔵が十数年まえに世間から消えた白雲一味を知っているかどうか、当然ながら仙蔵と話し合ったことなどない。

仙蔵は言う。

「やつらが一味の名を名乗らねえのは、これまでの頭（かしら）の考えらしくって、ともかく静かに潜行（せんこう）するのを心がけていたようで。ところが品川で一家がばらばらになったあと、残った仲間たちを束（たば）ねたのが矢吾市だったもんで。品川で捕方に打ち込まれたのも、聞いたところじゃ矢吾市の振る舞いが原因だったようで」

外はすでに陽がかなり西の空にかたむいている。

番小屋の中では、いつの間にか仙蔵はすり切れ畳に上がり込み、杢之助と差し向かいにあぐらを組んでいた。

「ふむ。分かるような気がすらあ。で、まえのお頭ってのは誰、いや、なんという名で、現在（いま）はどうなって……」

思わず杢之助が〝誰〟と訊いたのは、名を聞けば聞き覚えがあるかも知れないからだった。その者は、杢之助の盗賊時代にやり方が似ているようだ。

「うわさじゃまだ生きていて、隠居暮らしのようで。ねぐらは分かりやせん。名は確か、音なしの千拾郎といいやした」

（げっ）

名を聞いたとき、杢之助は胸中に声を上げた。

一度、組んだことがある。十五年ほどまえになろうか、日本橋室町の商家に押込んだときだった。杢之助と千拾郎はそれぞれ数人の配下を連れ、杢之助が差配し、千拾郎が補佐役になった。ふたりとも緻密な計画を立て、八百両ほどをいただき、商家の者が賊に入られたことに気がついたのは、翌日の午を過ぎてからだった。商家のあるじは検分に来た役人に、盗られた金額よりも入られて気づかなかった悔しさを、しきりに訴えたという。もちろん杢之助と千拾郎のことだ。音なしのうえ手掛かりなどはいっさい残さなかった。手掛かりといえば、いつの間にか八百両が消えていたことだけだった。

千拾郎の名を聞くなり、胸中に懐かしさが込み上げてきた。

「ん？　木戸番さん、どうかしやしたかい」

「い、いや。なんでもねえ。ただ、二つ名が〝音なし〟たあ、緻密な盗賊にゃ持って来いだと思うてよ」

「そのとおりで。したが、千拾郎が隠居してあとを矢吾市が継ぎ、それが大盗の一味などになった日にゃ、どんな非道え押込みをしでかすか知れたもんじゃござんせん」

「そういうことになるだろうなあ」

「そこでござんすが、あっしの大工仲間にお上の御用をちょいと手伝うとるやつがおりやして。こっちの町で矢吾市の動きがある程度具体的に分かりゃあ、たとえば一味にどんな野郎がいて、なにをしようとしてやがるかなどでさあ。そんなのが分かり、その仲間にそっと教えてやりゃあ、即刻お上に報せが行って一網打尽にできまさあ。木戸番さんにとっても、そいつぁありがてえことじゃござんせんかい。品川の轍を踏んだんじゃ、けえってまずいことになりやすからねえ」

お上の御用を手伝っているのを知っているどころか、仙蔵自身が〝お上の御用〟をしていることを、杢之助は百も承知で話を聞いている。

火盗改は品川の失敗を相当な教訓とし、いまは慎重に事を進め、賊を一網打尽にしようとしているようだ。そうしたお上の意図は、仙蔵を見ているとよく分かる。

それだけ仙蔵は、火盗改の策を確実に体得していることになる。やはり優秀な密偵なのだ。

「分かったぜ、仙蔵どん。おめえさんの言うとおり、木戸番人もお上につながる仕事だ。矢吾市の動きで具体的なことがありゃあ、おめえさんに知らせようじゃねえか。そうすりゃあおめえの同業を通じて火盗改に話が行き、盗賊どもを根絶やしにできるってわけだな。木戸番人として、手伝わせてもらおうじゃねえかい」

「ほっ。木戸番さん、ありがてえ。あんた、いい人だ」

と、仙蔵は心の底からホッとした表情になった。

杢之助は〝お上の御用〟を手伝っている大工仲間は誰かを問うこともなく、木戸番人として自分の口から火盗改に説明しようとも言わず、すべて仙蔵を通じるというのだ。仙蔵にとって、これほどありがたいことはない。

杢之助にとっては、

（まずい）

お汐の件だ。

下手をすれば町内の住人から縄付きを出すことになる。まったく杢之助の意図に反する事態だ。

そればかりか、事件が大きくなれば火盗改の与力や同心、さらには江戸町奉行所の与力、同心まで、泉岳寺門前町に出張って来ようか。泉岳寺門前町の木戸番小屋が詰所となり、杢之助が案内に立つことになる。

杢之助が火盗改や江戸町奉行所の与力や同心と、直に接触することになる。それが朝から晩まで、幾日つづくかも分からない。それら江戸の役人のなかには、いかに目の利く者がいるか、

（知れたものではない）

杢之助の持論であり、最も警戒し恐れているところである。

それを防ぐにはどうするか。

仙蔵の探索を妨害しても始まらない。妨害して探索がおこなわれなくなるなどあり得ない。逆に訝られるだけだろう。

ならばいっそう、できる限り仙蔵に合力し、事態をできるだけ小さく抑え込む以外、選択肢はない。

その合力の過程で、

（なんとかしてお汐を抜いておく）

それらを杢之助は瞬時に考え、すべてを〝おめえさんに知らせよう〟との言葉に

なったのだ。

陽はすでに落ち、部屋の中ばかりか外を歩くにも提灯が欲しくなるほど薄暗くなっていた。

「おう。提灯、持って行くかい。あした返(けえ)しに来てくれりゃそれでいい。儂は提灯なしでも慣れた町内だからまわれらあ」

「ありがてえ」

仙蔵は言う。早くも、あしたまた木戸番小屋に来る理由ができた。

杢之助は内心、

(こりゃあいかん。なにをするにもともかく急がにゃならん。どんな事態に発展するか知れたもんじゃねえぞ)

こんどの件で、初めて焦(あせ)りを覚えた。

盗賊に盗賊

一

外はもうすっかり暗い。

そのはずで、そろそろきょう一回目の火の用心にまわる時分だ。

定められているのは宵(よい)の五ツ（およそ午後八時）と夜四(よ)ツ（およそ午後十時）のひと晩二回だ。木戸番人なら、およその感覚でその時分が分かる。とくに杢之助はそうで、

「――さあて」

と、拍子木の紐を首にかけ、油皿から提灯に火を取り、下駄をつっかけおもてに出たころ、いずれかのお寺から修行僧の打つ鐘(かね)の音(ね)が聞こえてくる。風の日は念入りにまわるが、雨の日は休む。

「さあ、きょうも一回目。まわるか」

声に出し、いつも部屋の隅においてある提灯に手を伸ばそうとし、

（おっ、さっき仙蔵どんに持たせたのだ）

と、その手を引っ込め、拍子木の紐を首に三和土（たたき）へ下りて下駄をつっかけ、暗いおもてに出た。

神無月（十月）となれば夜はけっこう冷え、寒さもかなり感じる。

――チョーン
拍子木を打ち、

「火のーよーじん、さっしゃりましょーっ」

ひと声上げ、急な上りの坂道を泉岳寺門前に向かう。帰りに一本一本枝道に歩を進める。一回目の時分はまだ灯り（あか）のある家もちらほらとあるが、二回目になるとさすがに灯りは杢之助の持つ提灯と泉岳寺門前の常夜灯だけとなる。今宵は杢之助の手に提灯はない。

二回目のとき、

（儂（わし）の範囲じゃねえが、ちょいと回ってみるか）

と、途中でおとなりの車町のほうに下駄のつま先を向けかけた。

いま大木戸の外側の車町と内側の芝の田町のあたりは、矢吾市の仲間でねぐらを

置いている者もいるはずだ。矢吾市も今宵、車町のいずれかにわらじを脱いでいるかも知れない。そこに拍子木を打ち、火の用心の声をながす。

（いけねえ）

向けかけた足をすぐ元に戻した。

拍子木はともかく、火の用心の声はすぐ杢之助と分かるだろう。盗賊はむろん脛に傷を持つ者は、新たなねぐらを定めるとき、まずその町の木戸番人はどのような者かをさりげなく観察し、住人からうわさも集める。

矢吾市たちはすでに杢之助について、直接ではなくともそうした調べはしているはずだ。門前町の木戸番人が車町までまわらないことを知ったとき、矢吾市たちはやれやれとねぐらの部屋にあぐらを組んだことだろう。

どの町の木戸番小屋も、町内で行き場のない年寄りを番小屋の留守居役に雇う。雇われたほうはいい隠居部屋を得たもので、夜まわりの勤めはするがそれ以外のことはなにも考えず、係り合おうともしない。老いた身では、夜まわりで精一杯なのだ。悪だくみなどを考えている者にとっては、そうした木戸番人のほうがつごうがいいだろう。

出しゃばりで面倒見のいい泉岳寺門前町の木戸番人などは、要警戒でうっとうしい存在なのだ。

　その木戸番人が縄張でもないのに火の用心にまわってきた。

　矢吾市たちがその声に気づけば、

　――えっ、なにゆえ!?

　思うのは必定だ。しかもその夜、杢之助は木戸の提灯を手にしていない。

　まずい。翌日から昼間に町なかで会えば、矢吾市やその仲間たちは、意識して杢之助を注視することだろう。

　――チョーン
　車町のほうに向けかけた下駄の歩を元に戻し、いつもどおりに門前町の枝道をまわって木戸番小屋の前まで下りた。

　門前町の木戸は街道に面している。翌朝、その木戸を開け、朝の物売りたちを町内に入れると、きょうもまた杢之助はすり切れ畳の上で人を待つ身となった。

　ながれ大工の仙蔵だ。火盗改の密偵である。

　きょう仙蔵は朝から大木戸の内側の、芝田町の街道筋に聞き込みを入れているはずだ。もちろん道具箱を肩に歩き、みずから問いかけたりもするだろうが、芝田町には〝同業〟が幾人か出張っている。差配役の同心に報告するより、それらと現場でさりげなく立ち話をして情報交換をすれば、それが目下うごめいている盗賊どもの、最も新しく且つ最も詳しい内容となるはずだ。

（提灯を返しに来るの、夕刻近くになろうかのう。やっこさんも忙しく走りまわっていようから）

まだ朝の棒手振たちの触売の声が聞こえているなかに、

（きょうも待ち人、一日仕事になるか）

などと思えば、きのうおとといよりもきょう一日のほうが長く感じられそうだ。

だが、そうはならなかった。

「おおう、木戸番さん。きのうは提灯、助かりやしたぜ」

と、ふところから折りたたんだ木戸番小屋の提灯を取り出しながら仙蔵が敷居をまたいだのは、陽が中天を過ぎてから間もなくだった。太陽が西の空にかたむきかけたときに来た、きのうおとといにくらべ、きわめて早い来訪だ。

「なんと、早えじゃねえか。ともかく上がんねえ」

杢之助は提灯を受け取りながら、端からすり切れ畳に上がるよう勧めた。仙蔵もその気で来たか、肩の道具箱を脇に置くなりすり切れ畳に這い上がり、

「きのうは提灯なしで夜まわりをしなすって、困ったりしやせんでしたかい」

「あはは、きのうも言ったろう。町にゃ慣れてらあ。目をつむってでもまわれるからと。儂が提灯を持つのは、他人(ひと)に儂がその場にいることを知らせるためさ。それだけ他人さまも安心しなさろうから」

「ははは、ごもっともで」

言いながら仙蔵はきのうとおなじく、すり切れ畳の上で杢之助と差し向かいにあぐらを組んだ。

それを待っていたように杢之助は、

「それにしてもこの時分に来るたあ、きょうは相当早くに大木戸の内側に入(へえ)ったようだな。芝田町じゃおめえの大工(でえく)の同業が幾人かいてあちこち出入りし、いろんな話を聞いているだろうなあ。それを集めるだけで、あそこにうごめいている連中が見えてきたかい」

杢之助が〝おめえの同業〟ではなく〝大工の同業〟と言ったことで、仙蔵はかなり応(こた)えやすくなったようだ。

「あのあたり、ちょこちょことした大工や指物(さしもの)の仕事が多く、同業がよく出張っており、あっしにも声がかかることがよくあるんでさあ。きのうもおとといもそうでやした」

「ほう。それできょうは早う行って早うに戻って来られたかい」

「まあ、そういうところで」

「ほう。そうはっきり言うたあ、それなりの話を聞いてきたな」

「さようで」

「聞きてえ」

　ふたりは同時にひと膝まえにすり出て、あぐらが触れ合うほどになった。

　腰高障子は開け放したままだが、大工の仙蔵がすり切れ畳に上がり込んで、杢之助と話し込んでいても、町内の修繕をした家の話でもしているのだろうと思い、奇異に感じる者などいない。差し向かいだから、町内のおかみさんたちが数人で押しかけたときとは異なり、声も小さくおもてに聞こえないのも自然だ。

「木戸番さん。このまえやつらの現在のやり口を調べりゃあ、そのさきが見えてくるっておっしゃっていやしたが」

「ああ、言った」

「あっしの大工仲間が、あの盗賊のやり口を聞いておりやしたよ」

「えっ。どんなふうに」

李之助は質した。

「以前、納戸と押入れの修繕をやらせてもらったっていう商家が、入られやしたようで」

「えっ。そんな身近に」

「そうなんでさあ。それで見舞いに行き、そこの番頭さんから聞いたそうで。それによりやすと……」

手代に女ができ、店の者が寝静まったころ女がお店にその手代を訪ね、示し合わせたとおり裏戸をそっと叩く。待っていた手代は裏戸を開け、訪ねて来た女といずれかにしけこむ。裏戸は閉めても鍵はかかっていない。

密会を終えた手代は、上機嫌で店に戻ってくる。出た裏戸から入って鍵をかけ、なにごともなかったように部屋に戻って寝る。

朝になり店の中は盗賊に入られたことに気づき騒然となる。

奉行所から役人が出張り、その場であるじやおかみさんから小僧や女中の一人ひとりにいたるまで、物音は聞かなかったか、ひと晩どこでどうしていたか詳しく聞き取る。

「そりゃあその手代、夜中にそっと外へ出たこと、隠しとおすことはできめえ」

「そのとおりで。手代は〝実は……〟などと白状し、その場から奉行所に連れていかれ、もう四、五日になるのにまだ帰ってねえそうで」

「そりゃあそう簡単にゃ帰って来られめえよ。騙されたとはいえ、押込みに手を貸したんだからなあ」

「そのとおりで。そのお手代、賊の一味じゃねえから、そのうち解き放たれやしょうが、もう商いの道にゃ戻れねえでやしょう、かわいそうに」

「ほんと、かわいそうだ。で、手代をたらしこんだ女ってのはどうなったい」

「分かりやせん。面を知ってるのはその手代だけで、お店の者はうしろ姿も見たことねえそうで」

「大した女だぜ。その盗賊一味のなかで、一番大事な仕事をこなしてやがる」

「そのようで」

「あと一、二軒、この高輪の街道筋で被害に遭ったお店があるってことだが、全部おなじ手口でやられたのかい」

「さあ。あっしはたまたま同業の大工から聞いただけで、そこまでは知りやせん」

密偵の仙蔵が知らないはずはない。

「ふむ」

李之助は返し、仙蔵は言った。

「おそらくそうでやしょう」

芝高輪界隈で盗賊の押込みが数軒あったと巷間に伝えられているが、仙蔵が証言するとおり、おそらくおなじ手口によるものだろう。

このとき李之助は胸中に、

（お汐……!?）

叫んでいた。

矢吾市がしきりにくどいている。それが盗賊どものやり口と、つながっているのではないか。お汐は、その仕事ができそうな女なのだ。

「木戸番さん、どうかしやしたかい。なにか心当たりでも？」

「い、いや。一味に女が混じっていたことに、ちょいと驚いてな。家の鍵を開けさせておくほど大事な役目を負い、しかもそれを慥とこなしてやがる」

「へえ、あっしもそこに感心しておりやす。どんなしっかりした女か、いちど会ってみてえもんで」

「儂もだ」

李之助は返した。本心からだ。

そのひとりにと、お汐がいま矢吾市にくどかれているのだ。

「で、木戸番さん。やつらの現在のやり口を知りゃあ、そのさきが見えてくるとおっしゃいやしたが、これでどう見えてきやしょうかい」

仙蔵は杢之助の表情をのぞき込む仕草を取り、声を低めた。

杢之助も仙蔵の表情を見返し、

「なにを儂に訊きやがる。おめえにゃ府内の街道筋に根を張っているお仲間が幾人かいるんだろう。その町での盗賊の動きなんざ、すでにお見通しなんじゃねえのかい。それを大木戸の外の木戸番人に訊くなんざ、お門違えもいいとこだぜ」

「なにをおっしゃいやす。あっしの仲間たちゃあ大工で、盗っ人の出入り口は塞いでも、次どこを狙うかなんざ分かるはずありやせんや。それより木戸番さんなら、あちこちの町を見てきなすったから目が肥え、こたびみてえなうわさがながれりゃ、このさきゃあどうなるか見えてくるんじゃねえんですかい。それの一端でも聞きとうて、きょう府内で盗賊どもの手口を聞くなり、ともかく門前町の木戸番さんにと急いで来たのでさあ」

それも仙蔵が、密偵仲間と話し合ったうえでのことだろう。

「ほう、そうかい」

　杢之助は返した。自分の見方を語り、仙蔵のというより火盗改の反応を見てみようと思ったのだ。仙蔵が優れた密偵なら、火盗改の与力や同心たちから組織の方針も聞いていよう。

　杢之助は前にかたむけた上体を起こしながら言った。

「おめえさんもすでに気づいていようが、そうした色仕掛けのやり方からして、たぶん女は見栄え（みば）もさりながら、ひとりで三人、四人と手だまに取ってるんじゃろ。大（てえ）したものよ」

「あっしもそう思いまさあ」

「だろう。そんな芸当が、しゃあしゃあとできる女なんざ、そうざらにゃいめえ。一味にしたって、そんな女を仲間に取り込むなんざ、ひと苦労もふた苦労もすることだろうよ」

　語りながら、杢之助は脳裡に車町のお汐の顔を浮かべていた。

　組織のととのった一味では、狙いを定めた商家に幾月（いくつき）もまえから一味の者を小僧や女中として送り込み、押込む日時に内から鍵を開けさせておく手法を取ったりもする。

　盗賊にとって、最も大事で細心の注意を払うのが、

――いかにして人知れず戸を開け押込むか

である。

これほど確実な方途はない。杢之助もそれを一度差配したことがある。

(なんとも手間ひまのかかる、危ねえやり方よ)

などと思ったものだった。

送り込んだ者が幾日も、場合によっては幾月も、怪しまれることなく無事に日々を過ごしているか、毎日心配しなければならなかった。一味にそうした人材を備えておかねばならないことにも、かなりの神経を使った。

だから仙蔵から短期に女を使った矢吾市の方途を聞いたとき、

(ほおう、そんな手があったか)

と、感心したものだ。

「で、木戸番さんは、そんな手を使っている矢吾市どもを、どう思いやす。これからもやつら、その手法で街道筋の芝高輪界隈を荒らしまわると思いやすかい」

「あははは、仙蔵どんよ」

「へえ」

「おめえさん、もう答えを出しているじゃねえか」

「えっ、どのように」

「つまりおめえさん、高輪から芝の増上寺付近という、範囲はけっこうあるが、とてつもなく広えっていうほどでもねえ土地で、女をそういうふうに使った手法なんざ、三度も四度もくり返して使えねえ」

「そのとおりで」

「だからおめえさん、自分の思っていることを、儂もそう踏んでいるか確かめに来たんじゃねえのかい」

図星を突かれ、仙蔵は、

「あっ」

と、声を洩らし、

「い、いえ。それだけじゃございません。やつが盗賊なら、このあとどう動くか、木戸番さんの見方を聞きてえと思いやして」

「おいおい仙蔵どん。みょうな言い方は困るぜ」

「はあ？」

「はあじゃねえ。盗賊の矢吾市が向後どう動くか聞きてえなんざ、儂がむかしやつらとおなじ稼業だったみてえな言いようじゃねえか。儂が江戸府内の町々を皮切りに木戸番小屋に住まわせてもらうようになる以前は、日本中の街道を走っていた飛脚だったんだぜ。だからこうしていまも、足腰が他人さまよりちょいと達者ってわけさ」

「それはよう存じておりやす。全国を走りなすった飛脚で、しかもお江戸の町々で木戸番人をなすっていた。他人の何倍もいろんな人を見てきて、話も聞きなすっている。そのなかに盗賊の話があってもおかしくはござんせんでしょう。その木戸番さんの話を聞きてえので」

「なにをうまく持ち上げてやがる。矢吾市がこのさきどう動く？　儂じゃのうても、誰でも分かることじゃねえのか」

「そこを……」

「まあ、矢吾市が女を使っての器用な押込みをやってやがるのは、おめえさんが話してくれたんだ。あれはおもしろかったぜ。そのあとのことになりゃあ……」

「そこを聞かせてくだせえ、木戸番さんの見方を」

仙蔵は杢之助を見つめたまま、上体を前にかたむけた。

「そりゃあまあ、芝の界隈からねぐらをいずれかに移し、押込みも他所に狙いをつけようかのう」

「どの方面に」

「そりゃあ、矢吾市の胸の内というか、やつの性質(たち)によらあ」

「ほっ、どんな性質で」

「そうよなあ。やつを知っているわけじゃねえが、あの盗みの手口から見りゃあ、小器用な男のようだ。すくねえ人数ならうまくまとめようかのう。そうした器用なやつは、逆に思い切ったことはできねえ。そういうやつなら、しばらく江戸を離れて人数を集め、組織をととのえるってえ芸当はできめえ。いまの芝界隈を離れても日本橋のあたりか、もっと離れてもせいぜい大川(おおかわ)（隅田川(すみだがわ)）を渡った本所(ほんじょ)か深川(ふかがわ)あたりかのう」

「ふむ。なるほど」

仙蔵はそこまで考えていなかったか、得心したようにうなずきを入れ、

「さっそくあっしの同業にも言っておきやしょう」

「ほう、芝界隈にいるお仲間にかい」

杢之助の言う〝お仲間〟とは、火盗改の密偵たちだ。

それは仙蔵も解したか、

「え、ええ。川向こうの本所か深川あたりに盗っ人どもが居どころを変えるとあっ

ちゃ、そこのお人らも家の戸締りをしっかりしなきゃならねえ。大工仕事が増えるんじゃねえかと思いやしてね」

見え透いた切り抜け方だが、

「なるほど」

と、杢之助は納得したように返した。

おそらく火盗改の与力たちは仙蔵たち密偵の進言を取り入れ、本所、深川あたりにも密偵を入れることになろう。

「ところで仙蔵どんよ」

「へえ、なんでやしょう」

ここに至って珍しく杢之助のほうから問いを入れ、仙蔵は前面にかたむけていた上体を元に戻した。

「おめえさん、言ってたなあ。大工仲間でお上に通じているのがいるって」

「へえ。いやす、そんなのが」

「まあ居場所も盗みの場も変えるってのは、単なる推測に過ぎねえが、おめえの大工仲間が向こうへ移って家々の修繕をするよりも、移るめえに役人に知らせ、捕まえるってえことはできねえのかい」

「そのことなら、大工仲間が言っていやしたが、たぶんねえでしょう」

「ほう」

「すでに言いやしたぜ。お役人衆は全員取り逃がしたという品川での失態をいたく気にしてなすって、だからこんどは……」

「そうだった、そうだった。そんなことがあったなあ」

杢之助は返し、

「こんどはひとりも逃さねえように賊どものことをできる限りこまめに調べ、それでひとり残さず一網打尽にする、と。だから儂にも知り得たことがありゃあ、おめえさんにすべて知らせるって約束したんだったなあ。お役人がどの時点で打ち込むかなんざ、木戸番小屋にゃ伝わってこねえがなあ」

「したが、いま木戸番さんが予測しなすった大川向こうへの話、あっしの同業、へえ、大工(でえく)の仲間を通じてお上に伝わりやしょうよ」

「ははは。やつら、そう、盗っ人どもさ。きっとそうするに違(ちげ)えねえ。それをつかんだのは自分だと言って、おめえさんの手柄にしねえ」

「えっ。ほんと木戸番さん、恐ろしいほど欲のねえお人で」

「あはは。この歳(とし)になりゃあ、欲といやあ静かに生きていてえってことだけにならあよ」

「はあ、そんなもんですかい」

「そうよ。儂がいろいろ町の揉め事に首を突っ込むのも、そのためよ。この町に波風が起たねえようにってなあ」

「へえ、分かりやす」

「で、こたびの件で気になることが、もうひとつあらあ」

「なんでやしょう」

「品川で盗っ人どもがばらばらになるめえまで、一味を束ねていたのに音なしの千拾郎ってのがいたって言ってたなあ」

「へえ、そのとおりで」

「その野郎はいまどうしてる。まさか矢吾市が……」

「それはめえにも言いやしたぜ。一味の束ね役の代わったのが品川の騒動とどう係り合うているかは知りやせんが、いま千拾郎は隠居しているって話でさあ。どこで隠居しているのか、生きているのか死んでるのかも分からねえそうで。なにぶん二つ名が〝音なし〟でやすから」

「二つ名が〝音なし〟で、一味を束ねていたときから目立たず、お勤めをしているのかどうかも分からなかった」

「被害が百両二百両と少額の場合、盗賊に入られて気づかなかったのがみっともねえって、お上に届け出ねえお家もありやすからねえ」

「うーむ。そんなのが身を引いたあと、ますます消息は分からねえか。あとを継いだのが、音なしとまったく異なる矢吾市だというのも気にならあ。その音なしってのは、ほんとにまだ生きてるのかい」

「あはは、木戸番さんらしいですねえ。大工仲間に訊いておきやしょう。知っている者がいりゃあいいんでやすが」

「まあ、頼まあ」

杢之助は〝まあ〟などとあいまいな言い方をしたが、本心は、

（いまどうしている）

会ってみたい相手なのだ。

だが、盗賊時代の同業だ。他人（ひと）には言えない。

二

「また来まさあ」

と、火盗改密偵の仙蔵が腰を上げ、大工道具を担いだのは、きのうおとといと違い、まだ陽が西の空に高い時分だった。来たのが早かったからだ。

見送った視線をそのままに杢之助は、

(まだこんな時分かい)

胸中につぶやいた。人の影がまだ短い。きょう一日の長いことが、あらためて思われてくる。

人にとって最も時のながれを長く感じるのは、待ち人があるときだ。ここ数日はながれ大工の仙蔵だったが、その仙蔵の背を見送ったあと、

(どうしてる。チラとでもおもてを通らねえかい)

思えてくる。知りたいのは、仙蔵も目をつけている音なしの千拾郎の消息だ。

仕事で組んだのは十五年ほどまえだったが、杢之助より十歳ほど若く、殺しはむろん脅(おど)しもいっさいせず、お勤めに刃物を隠し持つこともなかった、杢之助の意に

沿った盗賊だった。

（こやつ、みどころがある）

などと思ったものだったが、他の一味に属していたから、つき合いはそのとき一度きりで、あとは消息を知らない。すくなくともお縄を受けたとの話は聞いていない。それがなんと一月まえに品川にいて役人に追い立てられ、且つそれを機に隠居したというのだ。

（これまでは問わねえ。いまどうしている、隠居？）

気にならないはずはない。

そうは思っても、木戸番稼業の辛いところは、番小屋を留守にして消息さがしに出歩けないところだ。

おもてに目をやったまま、

（うーむ。おめえもまだ近くにいるかい。そこをふらりと通らねえかい）

また思う。

還暦に近い杢之助より十歳ばかり若かったから、いまは五十そこそこのはずだ。隠居しても不思議はないが、そのきっかけが気になる。

（チラとでもいい。あいつならひと目見りゃあ、すぐ気がつくぜ）

自信を持っている。

だが、杢之助は気がついていなかった。引退して十年以上を経る身と、現役の者とのまわりへの気配りの違いかも知れない。

品川にねぐらを置いていたのなら、府内とのつなぎなどで泉岳寺門前町の木戸番小屋の前を幾度か通っていても不思議はない。泉岳寺にもお参りしただろう。当然、木戸番小屋にいる杢之助の姿を見た。ただ見たのではない。

音なしの千拾郎が現役を退いたばかりの盗賊であれば、当然泉岳寺門前町の木戸番人の、面倒見がいいというより、悪事をたくらむ者にとっては出しゃばりな特徴を、耳にしているはずだ。その番小屋を見るにも、

(どんな番太郎)

と、意識し、気づかれないようそっと見て、近辺でうわさも聞いているはずだ。

どこの町でも木戸番人は〝おい番太〟とか〝やい番太郎〟などと言われ、名前で呼ばれることはない。泉岳寺門前町の木戸番小屋も例外ではない。ただ他の番小屋と異なるのは、住人たちが〝番太さん〟とか〝木戸番さん〟と、〝さん〟づけで呼んでいることだった。

(始末の悪い番太のようだなあ)

と、音なしの千拾郎が意識的に杢之助のいる木戸番小屋に視線を投げたのは、品川にねぐらを置いてからすぐの、二月(ふたつき)ばかりまえのことだった。商家の隠居を扮(こしら)えた衣装で、念のため杖をつき笠をかぶっていた。

気づかれないよう、通りすがりに笠の前をちょいと上げ、それこそチラとひと目見ただけだったが、

(な、なんと⁉)

仰天(ぎょうてん)した。かつてこの人こそ〝盗賊の鑑(かがみ)〟とあがめ、一度きりだったがその差配でお勤めをしたことのあるお人ではないか。

確かめるまでもない。商家の隠居風の千拾郎は笠の前を下げ、自然なかたちで足早に木戸番小屋の前を離れた。

府内に矢吾市たち配下のようすを見に行ったときのことで、帰りは町駕籠に乗って杢之助のいる木戸番小屋の前を通り過ぎた。千拾郎が杢之助をひと目見ただけで分かったように、杢之助も千拾郎をチラと見れば気づくと確信していたからだ。この日だけではない。杢之助のいる木戸番小屋の前を通るときは、笠を深くかぶり足を速め、あるいは駕籠に乗った。

千拾郎はその日、府内で配下の矢吾市たちと話しているとき、

『泉岳寺門前町の番太郎なあ、かつて大盗の白雲一味の副将格だった人物だぞ』

幾度ものどまで出かかった。

だがそのつど、

（いかん。あのお方。堅気（かたぎ）になってござる）

迷いのなかに思い、出かかった言葉を呑み込んだ。

杢之助がすっかり足を洗い、町のためにも住人のためにもなる木戸番稼業に浸り（ひた）きっていることが、いまの姿から存分に看て（み）取れたからだ。

杢之助の現在（いま）の生き方は、千拾郎の夢でもある。だが、杢之助のように足を洗えないばかりか、現役の盗賊としてますます深みに陥り（おちい）、一味の頭（かしら）と呼ばれるまでになっている。

（そんなわしが、会っちゃいけねえ）

千拾郎の心の奥底に、そうした思いが間違いなくあった。


ながれ大工で火盗改密偵の仙蔵が帰ってから、さほど時間を経ていない。陽はまだ西の空に高い。

（儂ゃあ町の木戸番だが、おめえは特別だ。遠慮はいらねえぜ。来なよ）

杢之助はまた胸中につぶやいた。

いま杢之助の念頭を占めているのは、十五年まえの千拾郎の面影だ。

(ん？　あの御仁、みょうだなあ。おなじ人じゃねえのかい)

数日まえに木戸番小屋の前を急ぎ足で通った、腰切半纏の職人姿の男が、

(きょうは角帯に羽織を着けたお店者？)

数日まえの職人姿のときは笠をかぶっていたが、いまは折りたたんだ手拭いを頭に載せている。顔を見たのではない。いで立ちは異なっていても、肩や腰つき、さらに歩き方までおなじに見えたのだ。きょうの昼すぎのことだった。

品川方面から大木戸のほうへ向かっていた。

街道の往来人にそのようなことを感じるのは、常に町の安寧を願っている杢之助ならではのことかも知れない。

江戸府内のほうに向かうその背をチラと見送り、

(数日の間合いを置いていることだし。ま、似ている年格好の者など、街道にゃ珍しくもねえか)

そのときは思い、とくに意に留めることはなかった。

だがいま、太陽が西の空にかたむきかけた時分だった。

街道の往来人に、

（ん？　あの者⁉）

きょう午過ぎに感じたのと、おなじことを覚えた。

午過ぎに〝おなじ人〟と感じたのは、数日の間隔を置いていたが、いま覚えたのはきょう午過ぎに見た往来人にくらべてのことであり、まだ半日も経ていない。記憶に誤りはないはずだ。

（おなじひとりの人間が、なんであぁもいで立ちを変える⁉）

数日まえに腰切半纏の職人姿だった男が、きょう午過ぎには角帯に羽織を着けたお店者の姿で木戸番小屋の前を江戸方面に通り過ぎた。その男が夕刻が近づいたいま、羽織は着けておらず、しかも着物のすそを尻端折に風呂敷包みを背負った行商人となり、木戸番小屋の前を品川方向に通り過ぎたのだ。

（なぜなんだ）

木戸番人としてでなくとも、疑念を覚えずにはいられない。

これが火盗改か町奉行所の密偵か岡っ引なら、

（しばらく泳がせてあとを尾け……）

ということになろうが、杢之助はそのどちらでもない。あくまで町の木戸番小屋の木戸番人だ。
(この場で、いかなることか質(ただ)さねば)
急いで下駄をつっかけ、番小屋から街道のながれに飛び出た。
品川方面に向かった行商人の背は、十歩ほどさきに歩を取っている。
『もうし、そこのお人』
声をかけようとし、
(うっ)
呑み込んだ。
気がついたのだ。
——音なし!? 千拾郎!
足も口も硬直した。
通りかかった町内のおかみさんが、
「あぁら、木戸番さん。どうかした?」
「い、いや。なんでもねえ、なんでも」
大きな声だったので千拾郎は足をとめ、ふり返った。
瞬時、杢之助と目が合った。

ともに緊張したように、目を離さない。

「あぁら、お知り合いだったの」

町内のおかみさんは言いながら番小屋の前を通り過ぎた。

いずれも歩を進めている往来人のなかに、木戸番人の杢之助と風呂敷包みの行商人風のみが動かず、黙したまま見つめ合っている。

往来人たちが、

(ん？　どうした)

そんな表情でふたりを見ながら通り過ぎる。

「おめえ……」

ようやく杢之助は声を出し、木戸番小屋をあごでしゃくった。

相手は現役の盗賊である。呼びかける場合、名を呼ばないのが、盗賊仲間の掟に近い慣習である。杢之助はそれを守り、千拾郎はかすかにうなずきを見せた。互いに通じ合ったのだ。

ようやくふたりは通常の息遣いで話した。

「寄って行かねえかい」

「よござんすかい」

千拾郎には木戸番人となっている李之助に、現在(いま)も盗賊を張っていることの遠慮がある。

千拾郎の口ぶりから、李之助はそれを察し、

「いいってことよ。おめえはいま、行商人じゃねえか。ともかく久しいぜ。訊きてえことは山ほどあらあ。もっとも、言いたくねえことがありゃあ言わなくてもいいが、な」

李之助は千拾郎への配慮を示し、

「さあ」

あらためて木戸番小屋を手で示した。

「それじゃ、へえ」

千拾郎は、背後の木戸番小屋に向きを変えた李之助に従った。

歩を番小屋に踏み、李之助は言う。

「心配すんねえ。おめえのうわさは聞いて知ってらあ」

「えっ、いかような」

千拾郎には気になる言葉だ。李之助の背で、一瞬足を止めた。さっきから、緊張した表情のままだ。

数歩で木戸番小屋の敷居だ。

「なあに、儂がそれを気にしたなら、おめえを番小屋なんぞに入(い)れたりしねえ」

「へえ」

千拾郎はいくらか安心したように、杢之助の背に従い、木戸番小屋の敷居をまたいだ。

盗賊一味の頭(かしら)になっていた音なしの千拾郎が背をまるめ、老いた木戸番人に従っているようすなど、一味の者が見たなら、

（あの木戸番、何者!?）

と、その背景を勘ぐりたくなるだろう。

千拾郎は杢之助の木戸番小屋に近づくとき、いまの杢之助を大事にしたいとの思いから、衣装どおりの行商人のようすを保った。矢吾市を含め、一味の者で、千拾郎と杢之助の係り合いを知る者はいないのだ。

「まったく久しいぜ。さあ、ともかく上がんねえ」

敷居をまたぐと、杢之助は千拾郎にすり切れ畳に上がるよう手で部屋を示し、

「ここは儂の部屋だ。遠慮はいらねえ。町内のご隠居衆や小さな子らが、しょっちゅう遊びに来て上がってらあ。誰が来てもおかしくねえのが、門前町(ここ)の木戸番小屋

の特徴よ」

言いながらさっさとすり切れ畳に這い上がった。

千拾郎は緊張した表情をいくらかやわらげ、

「そのようでやすね」

言って雪駄を脱いだ。

李之助の言う〝誰が来ても〟のなかには〝盗賊が来ても〟の意味も含まれ、それを千拾郎は〝そのようで〟と受けたのだ。

さっきまで火盗改密偵の仙蔵が腰を据えていたすり切れ畳に上がり、いまなお盗賊の千拾郎が李之助と差し向かいにあぐらを組んだ。

「ほんと久しいぜ、千拾郎どん。で、いまおめえさん……。おっと、いけねえ。こっちからは訊かねえ。おめえの話せる範囲で話しねえ。儂はご覧のとおり、この町の木戸番人さ」

「へえ。面倒見のいい木戸番さんと、うわさは聞いておりやす」

「なるほど、おめえも町々の木戸番人のうわさを集めてたかい」

言うと、

「ふふふ」

軽い笑みを洩らし、

「おめえの仕事、うわさに聞いてらあよ。木戸番小屋にゃ、お上の息がかかった者も出入りしていてなあ。おっと、あわてるねえ。儂ゃあ、人を密告したりはしねえ。儂のほうこそ、密告されちゃコトだからなあ」

「ごもっともで」

と、千拾郎は杢之助に声をかけられてから、初めて笑顔を見せた。

ここに木戸番小屋は、木戸番人と盗賊がやわらいだ雰囲気のなかに語り合う素地ができあがった。町の住人がひょっこりと木戸番小屋に顔を見せ、部屋の中をのぞいても、

『おや、お知り合いが来ておいでかね』

と、千拾郎に軽く会釈し、千拾郎もおだやかな表情で応じることだろう。

実際話しているとき、そのような場面が一度あった。来たのは番小屋の近くのおかみさんだった。杢之助もおだやかな表情で話しており、おかみさんはいま挨拶をしたのはあくまで木戸番人の気のいい知り人で、いま江戸を騒がせている盗賊の頭などとは思いも寄らぬことだろう。

杢之助は町の住人に嘘をついているわけではない。ただむかしの知り人を番小屋

に上げ、親しく話しているだけなのだ。

三

李之助が〝こっちからは訊かねえ〟と言った千拾郎の現在(いま)について、座がなごやかになったところで当人から、

「出入りのなかに役人に通じている者がいるって、岡っ引ですかい。で、あっしのどこまで調べておりやす？　俺の一味に決まった呼び名はなく、顔やねぐらをお上に知られている者もいねえはずでござんすが」

と、李之助がすでに現在の自分の稼業を知っているものとして問いを入れた。

「おめえ、お上をなめちゃいけねえ。一味の名は聞かねえが、そうかい、一味に決まった呼び名はつけていなかったのかい。おもしれえ。したが、おめえや若え(わけ)矢吾市とかの名は知られているぜ」

「えっ」

「儂やあ、ほれ、お上につながっている野郎と、いまうわさの盗賊、そうそう一月(ひとつき)めえに品川で打ち込まれ、ばらばらになった一味のなかに、おめえの名を聞かされ

たのにはびっくりしたぜ」

「ふむ」

「いや、驚くよりがっかりしたわさ。まだあんな稼業をつづけていやがったのか……とな」

「めんぼくねえ」

千拾郎は恥じ入るように返し、

「まあ、それはそうとして、あっしと矢吾市の名が出たなど、あっしらの話をお上はどこまでつかんでいやしたので」

「気にするのは、痛えほど分からあ。おめえが隠居したって聞いたから、儂ゃあこうしておめえを番小屋に上げる気にもなったのよ」

「向こうはそこまでつかんでいやしたかい」

「ほう、隠居したのはほんとのようだなあ。だから言ったろう。役人を甘く見ちゃあいけねえって。そんなところまで知っているのよ」

「へえ」

「だが、安心しねえ。束ね役が代わったから、他の一味のうわさにもなって、おめえらふたりの名が割れたのだろうよ。よくあることだ。したが、面や居どころは知られちゃいねえ」

「ほっ」

千拾郎は実際にホッとした表情になった。名前に面まで割れたのでは、いまこの場から大あわてでいずれか遠くへ逃走しなければならないところだ。

座に余裕の色が加わったようだ。

「だがなあ、跡目をついだ矢吾市たあぬかすやつ、会ったこたねえが、ちょいとお調子者（ちょうしもん）じゃねえのかい。やった仕事がそのつどお上に知られ、町衆（まちしゅう）のうわさにもなっている」

「……へえ」

と、千拾郎は聞き入っている。

李之助はつづけた。

「あのやりかたじゃなあ、長くはあるめえ。当人とその仲間たちがお縄になるのは仕方ねえ。自業自得（じごうじとく）だ。じゃがなあ、そのときゃあおめえの身も……。手は打ってあるかい。隠居だけじゃ手ぬるい。早いうちに引退して、どこか遠くへよ。そんなうわさを聞いていたなら、おめえの姿を見ても儂ゃ知らぬふりをして、声をかけたりしねえ。声をかけたのは、黙って見ちゃおれねえからさ。隠居なんざ手ぬるい。

一蓮托生は免れめえよ」

「分かっておりやす。いずれかへ身を隠す。それが、そうもできねえので」

「できねえ？　おめえ、名なしの一味の頭を張ってやがったんだろ」

「へ、へえ」

「だったら、できねえはずはねえ。頭を継がせた矢吾市たあぬかす野郎、おめえのやり口とはまったく異なるぜ。そんなやつなら、おめえが名なしのままどっかへ消えてくれりゃあ大よろこびじゃねえのかい。おめえが遁走するにゃ、いまがその潮時だぜ」

「お言葉でやすが、そう簡単に行かねえのも、杢之、いえ、ここの木戸番さんならご存じでやしょう」

ほかに誰もいないが、千拾郎は盗賊の慣習どおり名を呼ぶのを避けた。

「なに言ってやがる。おめえにその気がねえのならともかく、おめえらしくもねえぜ。そのための相談なら、いくらでも乗ろうじゃねえか。出しゃばりの木戸番人としてなあ。あはは」

「木戸番さん」

と、千拾郎は真剣な表情を崩さず言う。

「さっきも町のお人が来やした。町内のおかみさんですかい。うまく話を合わせておきやしたが、あっしがここにいるなんざ、これ以上町の人に見られたんじゃ、木戸番さんのためによくありやせん。きょうはひとまずこれにて」

　言うと千拾郎は杢之助の返答を待たず、腰を浮かせた。

「待ちねえ。話はまだ終わっちゃいねえぜ」

「いえ、長居は無用。木戸番さんのためでさあ」

「あぁぁ」

　杢之助にとめる余裕も与えず、千拾郎はさっさと三和土に下り、雪駄をつっかけると、

「きょうはここの木戸番さんと話ができてよござんした。機会がありゃあ、また来させてもらいまさあ」

　一方的に言うと、また杢之助の返事も待たず敷居を外にまたぎ、品川方面にすぐ見えなくなった。

「おぉう、待ちねえ」

　杢之助の言葉が聞こえたはずだが、千拾郎はふり向きもしなかった。

　その背に杢之助は思った。

（そうかい。儂と話ができねえ？　隠居といっても、一味から身を引いたわけじゃねえってことかい。ならば、矢吾市との関係は……？）

気になることがまた増えた。

急いで三和土に下り下駄をつっかけ、おもてに飛び出た。千拾郎は品川のほうへ曲がった。あとを尾け、ねぐらを確かめじっくり話し合う機会を模索しようというのだ。

泉岳寺付近から品川あたりまでなら、街道に人も荷も駕籠も往来は結構ある。杢之助ならうまく尾けようが、相手は千拾郎だ。一度ふり返られたら終わりだ。だが、そのねぐらは早いうちに確かめておきたい。

「おっとっと」

と、杢之助は敷居を越えたところで、人とぶつかりそうになった。

権助駕籠の権十だった。空駕籠を担いでいる。ということは、すぐうしろに後棒の助八がいる。

「おぉう、木戸番さん。ふたりは品川方向から帰って来たようだ。

「おぉう、木戸番さん。どうしたい。あわてているみてえで」

「木戸番さんにしちゃあ珍しいぜ」

後棒の助八も言う。ふたりとも木戸番小屋の前で、空駕籠を担いだまま立ち話のようになった。

「ああ、いままで番小屋(こ こ)で儂と話し込んでいた行商のお人さ。さっきここを出て品川のほうへ向こうたが、どこに住んでいる人か訊き忘れてよ。おめえらもすぐそこで、すれ違ったと思うが」

「行商の人？　ああ、あのお人かい」

言ったのは後棒の助八で、

「品川で荒物(あらもの)の行商をしなすってらあ。そんないで立ちだったが、その人が番小屋(こ こ)に来てなすってたかい。また、なんで」

と、珍しく前棒の権十がまとまったことを言う。

ふたりは千拾郎を知っている。しかも〝品川の荒物の行商〟として。ねぐらも知っている口ぶりだ。だとしたら、わざわざ尾ける必要はない。

「まあ、別にこれといった用はねえが。ここをよく通りなさるから、きょう初めて声をかけたのさ」

「ははは、木戸番さんらしいや」

権十が言ったのへ、杢之助は問いかけた。

「で、おめえさんらはよく会うのかい」

「よくでもねえが、この近くで一度、乗ってもらったことがあったなあ。つい最近だ」

「ああ。あのときゃ急いでいるが、ちょいとからだの調子が悪うてと言ってなすったな」

助八がつなぎ、あとは交互に話した。

「それでさっきそこで出会(でお)うて駕籠を勧めたら……」

「わたしは品川へ戻るんで、おめえさんたちにゃ逆方向になって申しわけないからなどと」

「もうお天道(てんとう)さまはかたむいてござるが、駕籠屋に行きも帰(けえ)りもあるかい」

「で、乗ってもらえなくって門前町(ここ)へ戻って来たかい」

「ま、きょうはあちこちでけっこう稼がせてもらったからなあ」

「ほう、それはそれは。で、おめえさんら、あの行商さんのねぐらは知ってるのかい、品川の」

「ああ、知ってらあ」

前棒の権十が応え、後棒の助八があとを詳しく話した。

「商(あきな)いでも行商だからおもて通りのほうじゃのうて、路地の奥まった目立たねえ小さな一軒家さ。独り暮らしみてえだが、行商仲間のお人らがよく泊まりに来てるみてえだ」

「ほう。あの人、儂より十年ほど若うて、ことし五十くれえだから、行商のお仲間でもおやじさんになっているんだろうなあ」

「そういやあそんな貫禄がありなさるなあ」

　前棒の権十が言い、

「おっと、俺たちゃこれから湯屋だ。明るいうちにと思うてなあ」

「そうそう」

　後棒の助八が応じ、空駕籠を担いだふたりは、そのまま奥の駕籠だまりに戻って行った。

　うまい具合に権助駕籠が帰って来たものだ。もし木戸番小屋を出たところでこのふたりと話していなかったなら、いまごろ杢之助は街道に千拾郎を尾け、品川に向かっていたことだろう。

　相手は千拾郎である。用心していよう。途中でふり返られ、気まずい思いになったかも知れない。そうなったなら千拾郎は杢之助を警戒し、木戸番小屋に顔を出すことはなくなるかも知れない。なにしろ千拾郎は隠居などと言っているが、まだ現役の盗賊なのだ。

しかもその配下には、なにかと器用な矢吾市がいる。一味の束ねを矢吾市が引き継いでから、その動きが派手になっている。李之助が最も嫌う、技も技量もない盗賊然とした盗み働きをしているのだ。

その千拾郎と矢吾市を近ごろ、泉岳寺門前町や車町の街道でよく見かける。千拾郎が関わっているかどうかは知らないが、すくなくとも矢吾市が車町を頻繁に徘徊しているのは、お汐が目当てであることに間違いない。

（お汐さんを女盗賊に……？　許せねえ）

李之助は心に決めている。

いまの状況はまるで、李之助の木戸番小屋が縄張とする高輪の街道筋から巣立った一味が、江戸府内で派手にお勤めをしているかのようだ。

泉岳寺門前町や車町で悪さをしているのではないが、李之助にとってはこれも我慢のならないことだ。

それを収めるためにも、十数年ぶりに会った音なしの千拾郎の隠居話は朗報だった。そう思った。だが、千拾郎は李之助の思いに、

（反しているかも知れねえ）

話をしてみれば、そう思わざるを得ないようだった。

（もう一度、千拾郎とゆっくり話してえ）

思いは捨てていない。そのための尾行だったが、権助駕籠のおかげでその手間ははぶけた。権助駕籠のふたりが〝陽のあるうちに湯へ行くから〟と帰ったあと、すり切れ畳の上に杢之助はまたひとりあぐらを組み、

（いまから行くか）

逸る気持ちのまま、腰を浮かしかけた。

だが、陽はまだあるといっても、かなり西の空にかたむいている。これから品川まで出向き、いくらか話し合って帰って来ればもう夜だ。きょう一回目の火の用心に間に合わないかも知れない。木戸番人にとって、許されることではない。

（あした朝早くに、朝駆けといくか）

思い、浮かしかけた腰を元に戻した。

すでに外を歩く人の影が、長く感じる時分だったのだ。

四

翌朝である。

泉岳寺門前町の木戸は、東海道に面している。いつものとおり、日の出のすこしまえに開ける。

いずれの木戸も日の出とともに開ける慣わしになっているが、李之助はいつも日の出まえに開けている。豆腐屋や納豆売りやしじみ売りなど、朝の棒手振たちは日の出まえに泉岳寺門前町の木戸の前に集まり、李之助が木戸を開けると同時に町の通りに触売の声をながす。朝めしまえの短い時間が勝負の棒手振たちにとって、日の出まえに開く泉岳寺門前町の木戸はありがたい。李之助が木戸を開ける時分には多くが木戸の前に集まっており、木戸が音を立てると同時に、

「木戸番さん、いつもありがとうよ」

「日の出めえから商いができて助かるぜ」

と、李之助に声をかけ、門前町の通りへ触売の声をながし、次の町へと移って行く。

日の出になってもまだ寝ている木戸番人を、棒手振たちが木戸の外から大声で起こし、ようやく木戸が開くような町が多いなかで、泉岳寺門前町の木戸は朝の物売りたちにとって、実にありがたい存在だった。

この日はさらにいつもより早く木戸を開けた。まだ豆腐屋も納豆売りも来ていない。来れば、

『おっ、さすが門前町。もう開いてるぜ』

と驚き、まだ明けきっていない通りに触売の声をながすことだろう。

きのう夕刻すこしまえ、権助駕籠から品川の千拾郎のねぐらを聞いて以来、杢之助は夜明けが待ち遠しかった。品川の千拾郎に朝駆けだ。

木戸を開けたとき、ちょうど向かいの茶店日向亭の手代が雨戸を開け、おもてに出てきた。

杢之助の木戸番小屋が建っているのは泉岳寺門前町だが、通りをはさんだ向かいは高輪車町になっている。日向亭の立地は車町だが、店場は門前町に向かって開いている。この立地から茶店日向亭のあるじ翔右衛門は齢五十で、門前町と車町の町役を兼ねている。街道筋のこの地にとって貴重な存在であり、木戸番の杢之助には深い信頼を置いている。もちろん茶店といっても、縁台に茶を出すだけの

商いではなく、暖簾の内側にも縁台を置いており、上がれば家族連れなどには重宝な板敷の部屋がならんでいる。日向亭の提灯と暖簾は、街道からの泉岳寺への参詣人にちょうどいい目印になっている。

「これはお手代さん、ちょうどよござんした。儂ゃこれからちょいとそこまで行ってきやすが、翔右衛門旦那にそう伝えておいてくだされ。わけは帰ってから話しまさあ。なあに、午前にゃ帰って来やすよって」

「さようですか。伝えておきます。留守居は心配のう。お気をつけて」

手代は返す。

木戸番人がしばらく番小屋を留守にするときは、町役にその旨を告げる。泉岳寺門前町では、向かいの日向亭翔右衛門がその任についている。杢之助が戻るまで、日向亭の奉公人が番小屋の留守を見る。見ると言っても小屋に入るのではなく、訪ねて来た者があれば日向亭から人が出て用件を聞く。用件といってもせいぜい道案内か尋ね人であり、留守居の負担にはならない。

だが、ちょこっとその辺に出かけるだけならともかく、品川までとなれば、理由を話さなければならない。杢之助は〝わけはあとで〟と言う。それで日向亭の奉公人は納得する。あるじ翔右衛門の日ごろからの杢之助への信頼の故であろう。

だが杢之助は言った。

「ちょいとこの町に、厄介なことが起きそうなもんで」

「えっ、どんな？　ともかく旦那に伝えておきます」

手代は興味を持ったようだ。なにやらありげなことは、そのまま翔右衛門にも伝わるだろう。

品川となれば、旅とまではいかないが、ちょいとした遠出になる。下駄ではまずい。杢之助は番小屋に戻ってわらじの紐をきつく結んで脚絆を巻き、着物のすそを尻端折に杖を手に笠をかぶったいで立ちになった。

近所のおかみさんから、

「あら、木戸番さん。そんなかっこうでどちらへ」

声がかかる。

「ああ、ちょいとそこまで」

「そうですか。お気をつけて」

と、まったくの旅装束ではないから、交わす言葉も日常の挨拶で終わる。

街道はこの時刻、江戸から西国に向かう旅人が多く、品川方向に向かっている。

杢之助はいま、軽い旅姿でそのながれに乗っている。ときおり江戸へ向かう旅姿とすれ違うが、おそらくきのう遅くに品川宿に入り、ひと晩品川で過ごし翌朝江戸に入ろうとしている旅人だろう。実際そういう旅人から、杢之助は朝早くに江戸府内の道を訊かれることがしばしばある。なるほど江戸の町に暗ければ、陽が落ちてから入るのは危険だ。

頭には笠をかぶり、わらじを結んだ足には脚絆を巻き、着物を尻端折に杖を手にした杢之助の歩みは、まわりの旅姿の若い男たちに負けていない。むしろながれを追い立て先導するように踏んでいる。その足腰の動きに、還暦に近い年齢を感じさせるものはない。

ようやく陽が昇った。足が泉岳寺界隈を離れると、街道に沿った田畑の者に顔見知りはいなくなり、杢之助の足はさらに速まった。

千拾郎が昨夜品川に帰ったことは分かっていても、きょうの予定は知らない。もし出かけるなら、そのまえに訪いを入れて身柄を捕まえなければならない。高輪の街道筋から日本橋にかけて動いている盗賊の一味の全容が聞けるのは、いまのところ千拾郎しかいないのだ。

杢之助の足がことさら速まるのは、千拾郎のきょうの動きが分からないからだけではない。

お汐の顔が、杢之助の脳裡に浮かんでいる。

歩を踏みながら、浮かんだお汐の顔につぶやいた。

（おめえさん、亭主も子もいなさる。矢吾市がどうくどいているか知らねえが、あとすこしだ。ま、のらりくらりとかわしていなせえ。儂が千拾郎ともども、高輪の街道筋にゃ端からいなかったことにしてやりまさあ）

それが杢之助の究極の解決策だ。

（高輪の街道筋にゃ、端から揉め事などなかった……）

もちろんそれへの方策は、これから考える。いま品川に急いでいるのは、そのための第一歩だった。

街道に旅姿が増える。品川宿の町並みに入った。宿場町であれば、この時分が一日で最もにぎわう。

詳しい場所は権助駕籠のふたりから聞いている。品川のようすは杢之助もある程度は知っており、おもて通りを離れ奥まった所でも、あたりをうろうろすることなく千拾郎のねぐらをさがし得た。

なるほど小ぢんまりとした一軒家で、外から見たところ生活を感じない。独り暮らしでときおり仲間が来て泊まっていくには、ちょうどいい造りだ。権十と助八は

〝行商のお仲間〟などと言っていたが、それは盗賊仲間に違いない。

前庭などなく路地の細い道に玄関口が面している。

中に人の気配がある。杢之助はホッとした。千拾郎はまだ出かけていない。

玄関の板戸の前に立ち、

「突然ですまねえ。いなさるかい。泉岳寺の木戸番でさあ」

声を入れ、板戸を軽く叩いた。

千拾郎を訪ねた目的はふたつだ。まずひとつは、千拾郎の〝隠居〟の内容を詳しく知ることだ。ふたつ目は三十代なかばでまだ若い矢吾市が、本格的な盗賊の一味を目指しているかどうかを知ることである。

千拾郎が完全に足を洗う気がなく、矢吾市が盗賊一味をまとめ大盗を目指しているなら、潰して街道の高輪界隈から消えてもらう。どう消えるか。千拾郎のようすをみて、杢之助が判断するだろう。

屋内からすぐに反応があった。

「えっ、泉岳寺の……。なんで!?」

驚いたような声だ。

玄関の板戸が中から開けられ、

「ほんとだ、間違えねえ、門前町の人。泉岳寺からこんな朝早うに？　また、どうして⁉」

「すまねえ。此処の場所はきのう権助駕籠から聞いてよ」

驚きをなおも隠していない。

「ああ。あいつらなら、此処を知ってらあ。で、なにか急な用かい。まさか、矢吾市がお縄に⁉」

「ふふふ。やはりそれがまっさきに浮かんだかい。やがて、そうならあ。あいつならなあ」

「なんでえ、そうじゃねえのかい。だったらなんでこんな時分に。〝やがて、そうならあ〟なんぞ、気になる言いようですぜ。ともかく、ま、上がってくだせえ。さつきふとん、たたんだばかりだ」

不意に来た客に〝ふとんをたたんだ〟など、千拾郎が杢之助に他人とは思えない親しみを感じているあらわれである。

杢之助はそれを感じ、

「そうかい。そんなら、遠慮のう上がらせてもらうぜ」

と、わらじの紐は解いたが、脚絆はそのままに上がり、足をあぐらに組んだ。

(長居はしねえぜ)

との意思表示であり、それだけ千拾郎は安堵し喋りやすくなる。これも杢之助の談合に挑む策のひとつだ。

「こんな時分に来たのは、ほかでもねえ。おめえの隠居ってのが気になってなあ。これまで会わなかった十数年、機会はあったろうに、おめえ、足を洗っていなかったんだなあ。悲しいぜ」

「また、それですかい。洗いとうても、洗えねえ場合もあるって言ったでやしょう」

千拾郎は嫌な顔ではなく、杢之助から逃れるように視線を他に這(は)わせた。

杢之助は言う。

「それは分かってらあ。だが問題(もんでえ)はあの若(わけ)え男だ。あやつ、直接は知らねえが、急ぎ働きをしたがるような小者だ。それが大盗をもくろんだんじゃロクなことにゃならねえ」

と、杢之助はまわりに誰もいないが、盗賊の慣習どおり、矢吾市の名は口にしなかった。裏を返せば、

(おめえのこと、お上(かみ)にゃ伏せておくぜ)

との意思表示である。

そのうえで、杢之助は問う。

「幾度も言うが、隠居だけじゃあやつが御用になりゃあ、おめえにも累が及ぶぜ。悪いことは言わねえ。くどいようだが隠居をきっかけに、いずれかへ身を隠すのだ。そうすりゃあ儂も安心して、門前町で木戸番をしていられらあ」

「泉岳寺の木戸番さんが、あっしのことで安心してくださるのはありがてえんですが、まあ、あやつについちゃ、あっしもじゅうぶん気をつけ、ヘマをやらねえよう見張っておきまさあ」

「見張っておく？　おめえ、この稼業から身を引くつもりはねえのかい」

「一度は身を引いたことがありやした。あっしが一味の束ねになってからでやす。したが、子分どもからは帰ってきてくれと幾度も頼まれ、あの小利口な若えのも、そのひとりでやした」

「おめえのことだ。子分どもに惜しまれるたあ、よほどうまく束ねていたようだなあ。分かるぜ」

「ま、それはともかく。それ以外にも、これは木戸番さんも分かりなさろう。お勤めを離れ、一年もしねえうちに、押入ったときのあの感覚、緊張で身の引締まる思いが、どういうかジーンと身に迫ってきやがって、じっとしておれなくなるんでさあ」

「それでこれっきりと思い、手下どもを集めてまた押込む……か。で、それで幾度押込んだい。二度、三度……？」

杢之助は千拾郎の表情を探るように視線を向けた。

千拾郎はその視線を避けようと目をそらせ、

「訊かねえでくだせえ。それで気分が晴れ、あと一回、あとこれっきりと思いながら、気がつきゃあ以前のとおり、一味をまた束ねていやした」

『分かるぜ、その気持ち』

杢之助は言おうとしたのを呑み込み、代わりに、

「てめえでてめえを律するほど、難しいことはねえからなあ」

「ほっ、やっぱり杢じゃねえ、木戸番さんもそのように……」

千拾郎はあぐら居のまま、杢之助の顔をのぞき込んだ。

杢之助は返した。

「ばか野郎、儂がそんなに見えるかい。てめえを慥と抑えたからこそ、いまの儂があるのよ」

言うと杢之助は、以前を思い出すように大きく息を吸った。

ふた呼吸ほどの沈黙が、その場にながれた。

そのなかに杢之助は、千拾郎の隠居がかなり曖昧なものであることを覚った。当人に、その気がないのだ。

仕方がない。もう一つの目的に入った。矢吾市のようすを知ることだ。矢吾市を潰せば、千拾郎を救うことにもなる。

「で、ちょろちょろ悪さをしてやがるあの若えのだが、儂の目にゃあちょいと小器用だが、性質の悪いコソ泥にしか見えねえ。ほんとに一味を束ねて大盗にまでのし上がるつもりかい」

「あっしがそのようにけしかけておりやす」

「なんだって！」

「目立たぬことをなによりも大事にしたあっしにできなかったことを、やつならやるんじゃねえかと思いやして」

「おめえが目立たねえことを第一に考えたのは分からあ。その用心深さがあったからこれまでお縄にならず、儂にもその存在が伝わっていなかったのだからなあ。それはさすが音なし、おめえのことだ。褒めてやらあ。したが、おめえの言い方さ、まるでおめえがやり方を変え、あの若えのをこれから操っていくみてえに聞こえるぜ。えっ、どうなんでえ」

　杢之助は千拾郎の顔をのぞきこんだ。

　ふたたび千拾郎はその視線を避け、

「木戸番さんなら分かってくれると思いやすが。てめえのできなかったことをやってくれそうなやつを助け、夢を実現する。やつは器用な男で、あっしがこれからも助けてやりゃあ、それなりのことをやりまさあ」

「あの男、矢吾市……」

　敢えて杢之助はその者の名を口にし、

「心配するねえ。めえにも言ったぜ。儂ゃあ木戸番人をやっていても、むかしの同業を密告したりはしねえ」

「そりゃあもう」

「儂が言いてえのは、おめえのことだ」

「へえ」

「おめえ、人を見る目は確かか。あやつは大盗にはなれねえ。せいぜいコソ泥一味の束ね役だ。そんな程度のやつが大盗の頭になろうなど、危険極まりねえ。おめえ、あの者をもう一度見直してはどうか」

「杢、いえ、木戸番さん。木戸番さんはあの者をまだ知らねえ。あっしは十年以上つき合っていまさあ。こまわりが利く、器用なやつでしてね」

「おめえの目は節穴じゃねえのかい。あの盗っ人のやり口、器用だが大盗の片鱗も感じねえぜ」

「これから成長しまさあ。やつが街道筋で目立つお勤めをくり返したのは、てめえの健在なことを散らばったやつらに知らせるためでさあ。その成果は慥と挙げてありまさあ。それに木戸番さん」

と、千拾郎はあらたまった口調になった。

「やつめ、木戸番さんのことを幾度も見て、町のうわさも存分に集めていまさあ。それで木戸番さんにことのほか興味を持ち、そのせいもあってあっしも番小屋に注意し、顔を見てびっくりしたのでさあ」

「おめえ、まさか儂の以前をあの男に……!?」

「滅相もありやせん。あっしゃ堅気になりなすったお人の以前なんざ、どんな仲間にだって話しやせん。これは木戸番さんもおなじでござんしょう」

「ふむ」

杢之助は得心するようにうなずいた。

千拾郎はつづける。

「ただ、あやつめ、木戸番さんの以前、へえ、飛脚のことでさあ。そんな話も集めてやして」

「で……？」

「やつめ、木戸番さんのみょうな歩き方、そう、下駄で地面に音を立てねえと。言われてみりゃあそうでやした」

（うっ）

杢之助は内心うめいた。

だが、口ではなんでもない表情で、

「ほう、気がついてたかい。町の者でも気がつかねえのに、さすがだなあ」

「へえ。あの矢吾市が、ひと目でおかしい、尋常（じんじょう）じゃねえ……と」

千拾郎も杢之助に対し、仲間意識からか矢吾市の名を口にした。

「おめえじゃのうて、矢吾市が気づいた？　いつの間に。隅に置けぬやつのようじゃのう」

「そのとおりで。一月（ひとつき）ほどめえでやした。矢吾市は木戸番さんの下駄の足元に音が立たねえことに気づき、あっしにあの木戸番、以前はほんとに飛脚だけだったのか、ほかに何かやってたのじゃねえか。なんでもいいから知らねえか、としつこく訊くんでさあ」

「おめえ」

李之助はまた千拾郎の顔を、睨むように見た。

「いえいえ、さっきも言いやしたとおりでさあ。俺があの木戸番の以前を知るわけねえだろうって言っておきやした。木戸番さんとかつて係り合いがあったことは、盗賊仲間にはむろん誰にも言っちゃおりやせん」

「それでいい。儂もおめえとの係り合いなど、誰に話すものでもねえからなあ。で、あの若え(わけ)のはそれからどうしたい。おめえさっき、あの野郎について何か儂に言いたそうだったじゃねえか」

「へえ、さようで。あやつ、木戸番さんがかつては同業か、いずれの藩か幕府のお庭番だったのじゃねえか……と」

「なんだって。うーむむ。矢吾市とぬかしたなあ、あの若え(わけ)の、見直したぜ。鋭い目を持ってやがる。どっかのお庭番てのは考えすぎだが。それで……？」

「あやつ、あっしが何か知って隠してるって疑い、幾度も訊きやしてね。それがあまりしつこいもんで、いい加減にしろって叱りつけておきやした」

「気になるぜ。それでやっこさん、どうしたい」

「木戸番さんのことは訊かなくなったのでやすが、どうやら木戸番さんの以前、おぼろげながらに気づいているようで。いえ、あっしは喋っちゃおりやせん」

「そうかい。なかなか面倒なやつのようだなあ」

「現在の木戸番さんにゃうっとうしいことでやしょうが、やつめ、番小屋へ訪ねてえようなことを言っておりやした」

「ほう。直にかい。そんなら儂から値踏みしてみようじゃねえか。なにか、来る目的でもありゃあおもしれえんだが」

「あいつはあいつなりに、俺が譲りわたした一味のまとめ役をうまくやってのけ、押込みの回数も内容も充実させようとしていまさあ。それに俺が付けなかった一味の名前も考え、この稼業で名を挙げようとしているんでさあ。それで門前町の木戸番さんに関心を持ったのでござんしょう」

「そうかい。ますますおめえさんが、かたくなに守ってきた道から、はみだしそうじゃねえか。ま、ともかく番小屋で待たしてもらおうかい」

と、実際待ち遠しそうに言った。杢之助も大木戸の内側の街道に歩を進め、矢吾

市がねぐらを置くあたりを散策したとき、

（早う、来ねえかい）

思ったものである。

（それを当人も思っているのなら、来るのはさっそくきょうあたりか）

思えば、

（お汐さん、あとすこしだぜ。のらりくらりと……じゃねえ。うまくかわしていなせえ。そのうち来れぬように片づけさせてもらいまさあ）

同時に胸中に込み上げてきた。

車町は木戸番小屋のとなり町などではなく、町内そのものだ。住人のお汐が直面している、盗賊への誘いがやはり気になる。

五

お汐は町場でいい亭主といい子に恵まれ、さりげなく暮らしていても、はたして杢之助の感じ取ったとおり、元女盗賊だった。

ならば、いまお汐が直面している難題も、杢之助の睨んだとおりである。

しかしそれは、杢之助が〝あとすこし〟とか〝のらりくらりと……〟などといっておられるような、悠長なものではなかった。

千拾郎から一味のまとめ役を受け継いだが、品川で捕方に打ち込まれ逃げ延びたものの、仲間は四散し数も減った。

矢吾市は一味の立て直しに奔走した。そのようなときに町場でかつての優れ者のお仲間、お汐を見かけたのだ。矢吾市は勇み立った。

車町のねぐらに、矢吾市がさりげなく顔を出したとき、お汐は仰天し戸惑ったことだろう。町場で所帯を持っているいま、最も会いたくない、最も思い出したくない相手なのだ。

矢吾市がお汐を口説く目的はひとつ、すでにやっている悪さで、その実例を示している。

押入る商家に、どのように静かに、家人に勘づかれずに入るかで、その日のお勤めの成果は決まる。事前にその商家の奉公人をたらしこみ、内側から開けさせる。それを矢吾市は見事にやってのけた。だが、おなじ女を幾度もそこに使うことはできない。

お汐は今年三十歳……年増だ。だから落ち着いて、その任が果たせそうだ。もちろん、そのための顔立ちも備えている。

　きょうも矢吾市は、陽がかなり高くなった時分、府内から高輪の大木戸を出て、車町のお汐のねぐらに向かった。家のまわりをうろついたが、いつも朝早くに道具箱を肩に出かける亭主の杉作が、きょうはなかなか出かけない。せがれの杉太も家にいる。

（あとでまた来るか）

　と、街道に戻り、矢吾市が歩を向けたのは、すこし先の泉岳寺門前町の木戸番小屋だった。

（あの木戸番人、何者か見極めたい）

　思っていたところだ。

　ちょうどいい機会だった。

　だがこのとき、杢之助は朝早くに品川に千拾郎を訪ねていた。日の出前に出かけたのがよかったか、泉岳寺門前町に戻ってくると、向かいの茶店日向亭の手代が、

「おぉう、帰(けえ)ってきた帰ってきた。よかったよかった」

　と、街道に走り出て杢之助に声をかけた。けさ早くに杢之助から番小屋の留守居を頼まれたのだ。

「おう、どうしたい。番小屋にお客でもあったかい」

「ああ。そこに座っていなさるお人」

と、往還の縁台に座り、人待ちげに茶を飲んでいる男を手で示した。三十代なかばか、きちりと締めた角帯に羽織を着けお店者(たなもの)を扮(こしら)えているが、遊び人のにおいは消せないようだ。

(矢吾市!)

直感した。

そのとおりだった。

けさ杢之助が品川に出かけたあと、陽がすっかり高くなった時分に木戸番小屋に来客があった。いつもの日向亭の女中お千佳(ちか)ではなく、杢之助から直接留守居を頼まれていた手代が、

「――ああ、あんた。木戸番さんならいま留守だが、遠出はしていねえ。ここでお茶でも飲んでいなさると、戻って来るかも知れやせんぜ」

と、外に出している縁台を手で示した。手代が〝ああ、あんた〟と言ったのは、これまで矢吾市は幾度か近くに来て、向かいの茶店日向亭でも木戸番人のうわさを聞いて顔見知りになっていたからだ。

矢吾市は応じ、日向亭の縁台に腰を据え、茶を注文した。日向亭の縁台なら、待ちながらもお千佳や手代から、また木戸番人のうわさが聞ける。待つという目的があって縁台に座っているのだから、通りすがりでなくじっくりと怪しまれず、さらに詳しいうわさを手代やお千佳から聞くことができる。実際、殺しに関わる出来事まで、

「――木戸番さんが関わって、解決できたこともありまさあ」

と、手代は話した。

もちろん、矢吾市のほうからも問いを入れる。そうしたことに矢吾市は慣れている。

「――さようですかい。木戸番さんの以前は、飛脚のほかは町のお人らも聞いちゃいねえ、と」

矢吾市が日向亭の手代に返し、手代がうなずいたところへ、杢之助が品川から戻って来たのだ。行く先は日向亭の手代にも〝そこまで〟としか言っていない。矢吾市にすれば、杢之助が朝早くから品川に音なしの千拾郎を訪ねていたなど、思いも寄らないだろう。

矢吾市はすでに杢之助の顔も姿も確かめており、

「お帰りなすったようだなあ」

と、湯呑みを手にしたまま縁台から腰を上げた。

杢之助は、

「ほおう、このお人。見たことあるような。ともかく中へ入(へえ)んねえ」

番小屋を手で示した。

「よかった、よかった。木戸番さん、早う帰って来なさって」

日向亭の手代の声を杢之助と矢吾市は背中に聞きながら、番小屋の敷居を中にまたぐと、

「さあ」

と、杢之助はすり切れ畳の部屋を手で示した。

矢吾市は遠慮することなく、

「おじゃましやすぜ」

応じ、杢之助のわらじにつづいて雪駄(せった)を脱ぎ、すり切れ畳に上がった。部屋に上がってしまえば、番小屋に客があっても奥に遠慮し、三和土(たたき)からすり切れ畳に腰を据え話し込む者などいない。杢之助も矢吾市も、さきほど目と目を合わせるなり、

(じっくりと話してえ)

おなじ思いになったのだ。

すり切れ畳の上で向かい合わせにあぐらを組んだ。互いに値踏みするように、相手を見つめる。

どちらも、なんでもいいから早く話をしたい。相手がひとこと切り出すのを待っている。時間にすればひと呼吸の間もなかったろうが、ふたりとも無言の間を長く感じた。

杢之助は小さくなった髷も白髪まじりで還暦に近く、矢吾市はその半分よりすこしは喰っている三十代なかばだ。しかも場所が杢之助の番小屋であれば、

「ふむ」

杢之助がうなずきを入れ、

「お互い、すでに名乗り合う間柄でもあるめえ」

「へえ。あっしも木戸番さんの面倒見のいいうわさは存分に聞いておりやす。以前は飛脚をなすっておいでだったとか」

わざわざ飛脚時代に触れた。

（その以前を知りてえ）

との意思表示である。

李之助はそれを察し、

「ふふふ。それだけと思ってもらおうかい」

「さようですかい。木戸番さんはあっしについて、どこまでご存じで？」

「町の住人じゃねえ人のことを、いちいち調べたりはしねえ。木戸番人にゃそんな力もねえ。したが、気になる往来人に気を配るのは、木戸番人の仕事のひとつでもあるぜ。特に堅気(かたぎ)とはおもえねえようなお人の場合はなあ」

互いに値踏みし、背景を探り合っている。

矢吾市は李之助の表情から視線を外さず言う。

「はははは、木戸番さん。あっしをそのように？　ご覧のとおり、あっしはお店者でござんすぜ。いえ、ございまさあ」

「だから、けえって気になるのよ。やくざ者が、なんでお店者をよそおっていやがるってなあ」

双方とものっけから探り合いの姿勢を崩そうとしない。

(仕方ねえ)

(このまま)

その思いは一致している。見つめ合う視線に、かすかにうなずきを交わした。

「木戸番さん」

と、こんどは矢吾市のほうから切り出した。

「なんでえ、根(ね)なしの若(わけ)えの」

「はは、根なしたあおもしれえ。木戸番さん、すでにあっしの名をご存じのことと思いやすが、それを口にしなさらねえ。あっしも木戸番さんの名を口にしねえ。そこに同業の近さを感じやすぜ」

「それをのっけから言うかい」

「へえ。それで木戸番さんは、あっしをどこまでご存じで？」

「それを儂に訊くか」

「へえ、気になりますもんで」

矢吾市は胸の内を明かす。それは同時に、自分がただの往来人ではなく、目的があってこの界隈を徘徊していることを示してもいる。

杢之助は視線を矢吾市に据えた。

「どの町でもなあ、木戸番人は住人じゃねえ者が町に入(へえ)って来ると、出るまで目を離さねえもんだ。とりわけ胡散臭(うさんくさ)い者はな」

「胡散臭い？　それならあっしは安心でさあ。あっしゃあこんな木戸番さんがいなさる町で、悪さをしようなど思っておりやせん」

「あたりめえだ。そんならおめえはいつまでこの町でちょろちょろしてやがる」

「分かりやせん。あっしがこの町で、そう、ちょろちょろしているのは、ちょいと変わった木戸番さんがいなさる、この木戸番小屋に来させてもらうのが目的……というより、そんな念願があってのことでさあ」

「念願？　いま来てるが、それだけが目的じゃあるめえ。いってえ何を考えてやがる。聞こうじゃねえか。言ってみねえ。おめえが裏の稼業の者だってえことは、儂ゃあ百も承知だぜ」

杢之助は正面切って言った。矢吾市の思惑はすでに千拾郎から聞き、見当はつけている。それにこの場の雰囲気からすれば、矢吾市は杢之助をすでに、

——同業で、しかも相応のお人
そう見なし、敬意まで払っているのが感じ取れる。

ならば、

（誘い水を入れてやりゃあ、こやつ、単刀直入に切り出してこよう）

そう思ったから、矢吾市に裏稼業を〝百も承知〟と告げたのだ。

それによって矢吾市は警戒するよりも、

（逆に話しやすくなったはず）

李之助は矢吾市に視線を据え、表情を読み取る仕草をとった。

その思惑は当たった。

矢吾市はあぐら居のまま、上体をかすかに前へかたむけ、李之助の視線に応じるように口を開いた。

「あっしゃあ、泉岳寺（ここ）の木戸番さんの縄張で、悪さなどいたしやせん。その逆でさあ」

「どういうことだ」

このときの李之助の貫禄は、白雲一味の副将格だったころに戻っていた。それは矢吾市に、誰にも気づかれたくない足さばきを見破られたのが、影響しているのかも知れない。

矢吾市は応（こた）えた。

「木戸番さんはここにそのまいなすって、あっしらの連絡役（つなぎ）……、なんかじゃねえ。相談人になってもらいてえ。ここに来ると、常にその人がいなさる……。あっしらにとって、こんな心強（こころづ）えことはありやせん」

「…………」

李之助は、無言で矢吾市を見つめた。

矢吾市はそれを、

(脈あり)

と、受け取ったようだ。

李之助は故意にそう仕向けたのだ。

矢吾市は話す機会をさらに得たように言う。

「仕事への相談でさあ。さらにはこの稼業への心構え、さらに人をまとめるのもどうすりゃあうまくいくか。その都度……」

「おいおい、ちょっと待ちねえ」

李之助は矢吾市の言葉をさえぎった。

「儂の見まわる範囲で悪さはしねえ? おめえの言う悪さなあ。すでに番小屋にも聞こえてらあ。盗っ人のまね事で、それも女を使いやがってよ。無理やりの押込みじゃねえあのやり口、褒めてやってもいいぜ」

「さすが、あっしが見込んだ泉岳寺門前町の木戸番さんだ。呑み込みが早うござんす」

「早とちりをするねえ。この木戸番小屋を、おめえらの連絡の場に……? そればかりか、儂がおめえらの相談に乗る……？　仕事の助言をしろってかい。儂がこの番小屋に詰めてりゃあ心強え……？　おめえ、いってえ儂をなんと見てやがる。儂ゃあ、現在は見てのとおり、町の木戸番人だぜ」

杢之助の最後の言葉は失言というより、矢吾市には通用しない言葉だった。

矢吾市は前のめりになっていた上体を元に戻し、

「ふふふ。あっしがなんでいきなりこんな話を番小屋へ持って来るか。答えは音なしのお頭にありまさあ」

「えっ、千拾郎が！　どうして!?　やつがなにか言ったかい」

またしても失言だった。かつて千拾郎と組んだことを露呈する言葉だった。

矢吾市は余裕のある表情になった。

「木戸番さん、やはりあのお頭になにか口止めしておいでですね」

「ん!?　まあ」

杢之助はあいまいな返事を返した。

矢吾市の口調は落ち着きを得ている。

「見れば分かりまさあ。あっしらにとっちゃあのお頭はこの上ねえ存在で。それを木戸番さんはまるで親分子分の間柄のように接していなさる。あの親分は木戸番さんを、まるで兄貴分のように……。違えやすかい」

　矢吾市はそこまで見ていたようだ。

「…………」

　李之助は無言だった。否定すれば嘘になる。肯定すれば自分もかつては〝同業〟だったことを白状することになる。

　矢吾市はつづけた。

「木戸番さん、さっき〝現在は木戸番〟とおっしゃった。ということは、以前は別のこともしておいでだった。おっと飛脚は聞きやした。それ以外になにを……。あっしの目は節穴じゃござんせん。普段から木戸番さんの下駄にゃ音がねえ。そんな変わった下駄じゃござんせんでしょう。そんな足なんでござんしょう」

「…………」

　無言の李之助に、矢吾市はなおも言う。

「原因はひとつしかござんせんや。そういう歩の運び方をしなきゃならねえ稼業をやっておいでだった。普段から心がけているうちに、それが身についちまった。そうざらにあることじゃござんせんでしょうが、木戸番さんなら、飛脚の時代も長けりゃあ、忍び足の稼業もけっこう長かったんじゃねえんですかい。やがて足を洗いなすったが、歩き方はそのまま身についてしまっていた……と」

「そうか」

李之助は低く返した。

切羽詰まったのでも、相談人を引き受ける気になったのでもない。矢吾市の話を聞きながら、あまりにもそのとおりなので、かえって肚が据わったのだ。

（こやつ、生かしちゃおけねえ）

重なる失態

一

いま杢之助の胸中は、殺意に染まっている。

陽は中天にかかった。

杢之助はきょう朝早くに、品川へ昔なじみの盗賊、音なしの千拾郎を不意に訪ねた。泉岳寺門前町に戻って来ると、千拾郎配下の矢吾市が来て、木戸番小屋の向かいの茶店日向亭の縁台で、杢之助の帰りを待っていた。

矢吾市は高輪車町にお汐を訪ねたものの、亭主も子もいて話す機会がなく、やむなく足を門前町の木戸番小屋に向けたのだった。

そこでの応酬が、杢之助に矢吾市始末の決意をさせた。

むろん杢之助は、それを顔にも言葉遣いにもあらわさない。普段と変わりなく、矢吾市と話している。そのやりとりは、まだつづいていた。

李之助の木戸番小屋だ。

ふたりはすり切れ畳に上がり、男同士さし向かいにあぐらを組んでいる。

いかに殺しを決意しても、いま番小屋で殺るわけにはいかない。

李之助の殺しは常に、生きていては世のため人のためにならない者を、

——誰にも覚られずに
である。

（こやつも）

その胸中に、矢吾市はまったく気づかない。そのまま、言葉をつづけた。

「あっしの木戸番さんの見方、図星でやしょう。知れば知るほどに、木戸番さんと話がしとうなりやしてね」

「そうか」

李之助はまた短く返し、

「いつの間にそこまで人を見きわめておったのか、気がつかなかったぜ」

「へえ、そんな以前からじゃござんせん」

「そうか、短い間に調べたか」

「調べるなど、そんな。ただ、うわさを人より多く集めさせてもろうただけでござ

いまさあ」

「あはは。調べるたあ、うわさを集めるってことだ。おめえにゃ、そういう才があるのかのう。この稼業にゃ重宝なことだ」

　これが矢吾市と直に接した最初だが、本気でそう感じ取っている。盗っ人稼業では、けっこうな褒め言葉だ。

「へへ。そりゃあどうも」

　矢吾市はしおらしく肩をすぼめ、

「それがきょう図らずも実現しやして」

「図らずも……？　どういうことだ。別の用事でこの町に来て、ついでにこの番小屋まで来たかい」

　杢之助がそう切り出したのは、念頭にお汐の顔が浮かんだからだった。

　矢吾市はおそらくいましがた府内から大木戸を出てお汐を訪ね、なんらかの理由で話ができなかったか不在だったかで、

（行き場がなくなり、番小屋に来たかい。それとも、このあとに行くのかい）

　杢之助は推測した。

　さっき行ってなんらかの理由で会えなかったのなら、木戸番小屋を出たあとまた

行くだろう。

　矢吾市はすでに、その算段をしていた。

　それを胸中に秘め、矢吾市は言う。

「いえ。図らずもたあ、木戸番さんに負担をかけねえよう、ちょいと遠慮したままで。以前から話がしてえと思うておったのは、ほんとうで」

「なるほど。それでおめえ、初顔合わせのきょう、肚にためていたものをみんな吐きやがったな」

「ま、こんな機会、そうあるもんじゃねえから。で、どうでやしょう。いろいろ頼みやしたが、引き受けていただけやしょうか。むろん、あっしもここまで話しやしたからにゃ……」

「あとにゃ退けねえ……か」

「いいえぇ、門前町の木戸番さんを相手に、そんな高飛車なこと。さっきから言うておりやすように、お頼み申し上げておりやすので」

　矢吾市は口達者でもあるようだ。

　杢之助は声を低めた。矢吾市をこの世から排除する策は、決意した時点からすでに始まっているのだ。

「まあ、おめえもてめえをさらけ出し、番小屋(ここ)に来たんた。そこに応えねえわけにゃいくめえよ」

「えっ、聞いてくださいやすかい。ありがてえ」

矢吾市は返し、ひと膝まえにすり出た。

それを受けるように、杢之助はつづけた。

「ただしなあ、ここにゃ町のお人らの目があらあ。まともにゃ見えねえ、遊び人みてえな連中が出入りしだしたんじゃ、みょうに思われらあ。だからここに出入りするのは、おめえひとりにしてくんねえ」

「そりゃあもう、そうさせてもらいまさあ」

「それに、そういつも来てもらっちゃ困るぜ。どうしてもという、必要なときだけにしてくんな。用件を音なしに託(たく)すのも一考だろう。町のお人らに、みょうに思われねえようになあ」

「そりゃあ用心深いことで。じゅうぶん気をつけさせてもらいまさあ」

「よし。ならばきょうは、これ以上長居するな」

「へい」

矢吾市はすなおに応じ、三和土(たたき)に下りて雪駄をつっかけ、敷居を外にまたごうと

したところを杢之助は、

「おっと」

呼びとめ、

「訊きてえことをひとつ忘れてたぜ」

「へえ、なんでやしょう」

敷居の内側でふり返った矢吾市に、

「どうでもいいような、それでいて大事（でえじ）そうなようすで、音なしの人から聞いたのじゃが」

と、盗賊の習慣に従って名は出さず、

「おめえさん、これまであの父（とっ）つぁんが守り通してきたことに逆（さか）らおうとしているそうだが、ほんとかい」

「えっ、あのお人に逆らう……？　なんですかい、それ」

「名じゃ。一味の呼び名よ」

「ああ、あれでやすかい」

矢吾市は敷居の内側に立ったまま、すり切れ畳の杢之助に向かい、

「やはり呼び名がねえってのは、なにかと具合が悪うござんすから。街道筋でちょ

いとお勤めをさせてもらったのは、巷間に散らばっている、その気のあるやつらにこっちの存在を知らせ、お仲間に引き込むためでさあ。そのときに名がねえってのはどうも」

「なるほど、そういう思いからかい。したが、あの父つぁん、いい返事はしていめえ」

「いえ、承知なすってらあ。あっしをあと押ししてくれてる証拠でさあ」

「つまり、新たな名を名乗り、お仲間たちに束ねがおめえに代わったってことも明らかにしてえ……と」

「そのとおりで」

「で、その呼び名は決まったのかい」

「いえ、まだ。したが、胸に秘めているのはありまさあ。近いうちにお仲間や同業を集め、披露させてもらいまさあ」

「ふむ」

李之助はうなずいた。

（披露するめえに、消えてもらわにゃならねえ）

自分自身に誓ったうなずきである。

おもて向きは穏やかに言った。

「さしつかえなきゃあ、聞かせてくんねえかい。おめえが新たに決めた呼び名ってえのを」

「へへへ。木戸番さんなら、話してもよござんしょうかねえ」

「もったいぶるな」

杢之助は矢吾市の言いように、その名へ幾分かの興味を持った。

矢吾市は言った。

「へへん。懐かしい人にゃ懐かしい名でさあ。聞きゃあ、この世界じゃみんなびっくりしまさあ」

「なんだ、むかし誰かが使っていた名かい。どの名だ。たいがいなら儂も知っているが」

「おそらくご存じでやしょう」

すり切れ畳と三和土の会話だ。声は低い。外からは木戸番人が顔見知りと雑談でもしているように見える。

すぐおもてを、町内のおかみさんが通りかかった。

「あら、お客さん？」

「ああ、街道のちょいと向こうの人でなあ」

「よろしゅう」

矢吾市は顔を外に向け、軽く会釈した。音なしの千拾郎が挨拶をしたおかみさんとは、また別人だった。

「ごゆっくり」

おかみさんは軽く返し、番小屋の前を通り過ぎた。

いつもの木戸番小屋の風景だ。

矢吾市は杢之助のほうへ向きなおり、

「すいやせん。町のお人らに、あまり顔を見られねえようにしまさあ」

「そうしてくんねえ。で、さっきの話だが、いま言わなくてもいいぜ。きょうはもう早(はよ)う帰(けえ)んねえ」

「あはは。いま言っときまさあ。ほんのひと言だけでやすから。昔のうわさをいろいろ集め、考えに考えた名でござんしてね」

「だからなんなんでえ。さっさと言ってさっさと帰(けえ)んねえ」

杢之助は言い、矢吾市は応(こた)えた。

「そう軽く言える名じゃござんせん。それは……」

「それは？」

「白雲一味」
（ゲエッ）
杢之助は内心に声を上げ、驚きを懸命に抑えた。

だが、その変化を矢吾市は感じ取った。

「ほっ。やっぱり木戸番さん、ご存じで⁉」

「い、いや。なんでもねえ、なんでも。白雲一味なあ。そうかい。さあ、帰んな」

すり切れ畳の上から杢之助は敷居の外を手で示した。本心ではない。

（なにゆえ、その名を……⁇）

訊きたい。

だが、さっきまで〝早う帰れ〟と急かしていたのだ。ここで引きとめたのでは、矢吾市のほうがみょうに思い、

（木戸番さん、白雲一味と係り合いでも）

と、感じ、なにか勘ぐるかも知れない。

杢之助はいまなにを言っていいか、言葉を失った。

それとは無関係に、矢吾市は話をまえに進めた。

「木戸番さんが、白雲の名を知らねえはずはねえと思ってやしたよ。いまは存在しねえその名をちょいと拝借しやしたのは、ほかでもござんせん。あの一味のお人ら内輪もめがあったと聞きやすが、詳しく伝わっちゃおらず、その後の消息も知れねえ。ただ言えるのは、一味のうちでお縄になったお人が、ひとりもいねえということで。あっしらにとっちゃ、これほど縁起のいい名はありやせんからねえ」

「それで、あやかりてえ、と」

「へえ」

杢之助は内心、叫んでいた。

——馬鹿野郎！　だったら名などつけるな!!

矢吾市はさらに言った。

「へへ、木戸番さんはもう新たな白雲一味の相談人でやして。それじゃ長居は無用ってことで」

向きを変え、敷居を外にまたいだ。さすがに変装を意識しているのか、敷居の外に立つなりふり返って軽く一礼し、

「それじゃ木戸番さん。よろしゅうお願いいたします」

鄭重に言う。

顔つきを見れば遊び人を感じさせるが、角帯のその姿は所用があって木戸番小屋を訪ねたお店者だ。だがそれは、遠目に見た場合のみだ。

まだ午前だ。

その背を杢之助はすり切れ畳の上から目で見送り、

（本物の白雲一味の副将格が、ニセ白雲一味の相談人？　冗談が過ぎるぜ）

しかし、笑ってはいられない。

さきほどの矢吾市の言いようからすれば、音なしの千拾郎はやはり当人の言ったとおり、矢吾市に杢之助と白雲一味の係り合いは、

（まだ話しちゃいねえ）

そう解釈できた。

だが、白雲一味の名は、千拾郎から聞いたのだろう。内紛のあったことは事実だが、ひとりの縄付きをも出さなかったことは、千拾郎から聞いたのだろう。

その名をちょいと拝借するなら、千拾郎にイの一番に話すはずだ。ところがきょう成り行きから、杢之助へさきに話してしまった。

ならば、

(やっこさん、きょう中にも千拾郎に話そうか)

杢之助は思うと同時に、

(まずい!)

心ノ臓があらためて高鳴るのを覚えた。

音なしの千拾郎は杢之助への義理から、白雲一味との係り合いを誰にも話していないようだ。ありがたいことだ。だが杢之助は、千拾郎が自分とおなじように盗賊稼業から足を洗っていないことには不満だった。

しかし、配下で一統の差配を譲った矢吾市から、

『へへ、一家の名は親分からよく聞きやした〝白雲一味〟にしようと思いやす。その名のとおり、ひとりもお縄にならねえよう気をつけまさあ。それを門前町の木戸番にも話しやしたら、おもしろがっておりやしたよ』

などと聞かされたらどうなる。

矢吾市は千拾郎にきっと言うはずだ。しかもきょうあすにも。

千拾郎は仰天し、その場で喋るかも知れない。

『あの木戸番さんに話した!? おめえ、アホか!!』

言うことだろう。

矢吾市は驚き、理由（わけ）を訊くだろう。

千拾郎は話さざるを得ない。

聞けば、

『ゲエッ』

と、仰天するのは矢吾市の番になる。

照れ笑いの域などではない。驚愕し恥じ入りながらも、

『まっことで⁉』

問い返すだろう。

事実だ。李之助がかつて白雲一味の副将格として一家を束ね、殺さず犯さず根こそぎ奪わずの、むかし気質（かたぎ）の盗賊道を貫（つらぬ）いてきたことは、厳然たる事実なのだ。

――門前町の木戸番さん、なんと大盗賊だった
これほど衝撃的な、人々の話題になりやすい材料はないだろう。

千拾郎がそれを矢吾市に話すとき、一対一の場なら口止めし、数日秘密は保たれるだろう。だが、ひとりでも若い衆がそばにいたなら、あるいは矢吾市がチラと配下に洩らしたなら、それは半刻（はんとき）（およそ一時間）も経ないうちに街道筋の盗賊たちにながれ、その日のうちに門前町だけではない、高輪の街道一円の住人にも知れわ

たるだろう。

住人たちはそっと木戸番小屋をのぞき、あるいは直接声をかけてこようか。杢之助は否定も肯定もできない。

そればかりか町役(ちょうやく)たちは驚き、府内の町奉行所か火盗改から、同心が捕方を引き連れ駈けつけるだろう。なにしろ十数年まえ、関八州(かんはっしゅう)にその名をとどろかせた白雲一味は、ひとりも捕縛されることなく消えてしまったのだ。その悔(くや)しさは、役人たちはいまなお忘れていまい。

「うーむむむっ」

杢之助はじっとしておれず、すり切れ畳の上で腰を浮かした。

だからといって、どうすることもできない。

さいわい、きょうは朝早くに杢之助が品川に音なしの千拾郎を訪ね、そのあと千拾郎が江戸府内に向かったようすはない。

いまできることは、ふたたび品川に出向き、音なしの千拾郎にきつく口止めすることか……。

一日に二度も品川へ……。不自然だ。

それとも、いま矢吾市を追いかけ、

——その足でやつを葬る

準備のない決行など……、危険きわまりない。

「うーむ」

杢之助はまたうめき、腰をすり切れ畳に戻した。

なす術がない。

心ノ臓ばかりが高鳴る。

二

矢吾市も、焦るほどに思いつめていた。

あと二、三軒、日本橋に近い街道筋の商家へお勤めを仕掛ければ、役人逃れで身を隠している者たちが、

『ちかごろ小気味のいい同業が……』

『どこのなんという一味……』

と、おもてに出てくるだろう。矢吾市がその者らを取り込めば、一統は数の上では大盗になる。

　ようやく話し合った門前町の木戸番人が、白雲一味の副将格で、かつ音なしの千拾郎がその配下になってひと仕事したことがあるとなれば、矢吾市にとってはこの上ない相談人を得たことになる。独りほくそえみ、新たな大盗白雲一味の姿を想像することだろう。

　木戸番小屋のすり切れ畳の上から、すでに矢吾市の背は見えない。

（やつめ、さっきはお汐さんのところへ行っての帰りだったのか。それとも、これからか）

　思ったときに杢之助の足はすでに三和土に下り、下駄をつっかけていた。矢吾市の足の向かう先を、

（車町！　これからお汐さんのところへ）

　それを確かめたかったのだ。

　敷居を飛び出した。

「あら、木戸番さん。お出かけですか」

　向かいの日向亭の縁台に手代ではなく、女中のお千佳が出ていた。杢之助が近くに出かけるとき、木戸番小屋の留守に気をつかうのは手代よりお千佳のときのほうが多い。お千佳は日向亭でいつもおもての縁台の客を見ており、そのついでに番小

屋にも気を配るのは、自然の仕事のなかでできる。

「ああ、ちょいとな。そのあたりをぐるっと。すぐ戻るでのう」

李之助は返し、敷居をまたぐときは急いだが、あとはいつもの見まわりか散歩のように下駄の歩を進めた。

「ごゆっくり」

いつものお千佳の声を背に聞く。

（留守はご心配なく）

言っているのだ。

矢吾市の行く先はほぼ分かっている。番小屋を出ると、街道を車町のほうにとった。お汐を訪ねるのに間違いない。

ゆっくりと歩を踏む。その姿に殺しが係り合っているなど、お千佳が知る由もない。角を曲がって消えようとする背に、

「お気をつけて」

また言ったのへ、李之助は手で応じた。

追いつかぬよう、故意にゆっくりと歩を踏む。

矢吾市はお汐を女盗賊に取り込もうとしている。

お汐は深刻さを周囲に気づかれないよう、柔らかく断りつづけている。

矢吾市は口説いている中身を、まわりに知られてはならない。男女の口説きのように、おもて向きはやわらかく迫っている。近所のおかみさんたちもそのように見て、あちこちの立ち話でうわさしているのだ。

そんな話に木戸番人が尾行するようについて来たなら、

(まさかお汐。内容を他人に話した⁉)

矢吾市は勘ぐり、このあとの展開が読めなくなる。

ともかく杢之助は、周囲がなにも気づいていないと矢吾市に油断させ、そこに殺しの機会を探りだしたいのだ。

車町に向かう。

矢吾市はすでに着いていた。

亭主の杉作もせがれの杉太も、外出したようだ。

お汐はいつものように矢吾市を中には入れず、玄関先で押しとどめている。そのようすが枝道からも見える。

矢吾市は強い態度には出られず、内心焦れていることだろう。

お汐はいつものように、やわらかく断る姿勢を崩さない。

だから町の者はすっかり矢吾市の来訪を、お汐に懸想し何度ふられても通いつづける、しつこい色恋と見ている。物騒な女盗賊への誘いと想像する者などいない。もしお汐がそこまで考え、玄関口での立ち話を貫いているとすれば、その信念は大したものと言える。実際お汐は、それを意図して外から見える立ち話のかたちをとっているのだ。

杢之助はそれを遠くからながめ、

（そう、お汐さん。それでいいのだ。あとしばらくだ）

胸中に念じ、近所の家に問い合わせた。ななめ向かいの乾物屋だ。干椎茸や干瓢、魚の干物などを、店先に重ねるようにならべている。杢之助が買いに行くときもあるが、おかみさんが古くなったのでと持って来てくれることもある。木戸番小屋とは昵懇の間柄だ。

いまは亭主が店場に出ていた。杢之助が店の前に立っただけで、

「木戸番さん、ようやく来なすったね。女房なんざ二、三日めえから、番小屋に知らせに行こうかなんて言ってってやしてね」

声を低めて言う。

矢吾市がお汐を訪ねて来るのは、とっくに町内の評判になっている。乾物屋の亭

主は、それを李之助が確かめに来たと思ったようだ。そのとおりで、いままさに矢吾市が来ていて、玄関口でお汐と立ち話のかたちで押問答をしているのだ。

「なにか、変わったことはありやせんかい」

言いながら李之助は、乾物屋の店場に歩を入れた。

声が聞こえたか、奥から女房が出て来て、

「なにかじゃないよ。いまもご覧のとおり、あの男、ご府内からのようだけど、名も素性も分からない。一度、男の帰ったあとお汐さんに訊いたんだけど、なあんも言わないのさ」

「そのときお汐さん、どんなようすだったい」

李之助は短く訊き、女房はつづけた。

「それが、はっきりしないのさ。嫌ならぴしゃりと追い返せばいいのに。気があるようなないような、のらりくらりと。見ていていらいらしてくるよ」

「そう、そういう感じだ」

亭主が相槌を入れ、女房はさらに言った。

「これ以上いまの状態がつづいたんじゃ、旦那の杉作さん、まじめでおとなしい職人さんだからいいようなもんだけど、もし知ったら、鑿を片手にあの男に襲いかかるかも知れないよう。この町にとっちゃあ大事件さね。だから木戸番さん、あの男、なんとか町に来させないようにできないもんかねえ」

杢之助は女房と亭主へ交互に視線を向け、

「儂もそれが心配でよう。きょうもあの男、来てるって聞いたもんで、とりあえずようすを見に来たのさ」

乾物屋の夫婦は真剣な表情でうなずき、杢之助はさらに言った。

「儂、ご府内の同業に知った者がいらあ。そこに話して、あの男がこっちの町に来れなくする方法はねえか、算段してみようじゃねえか」

「ほっ。木戸番さんがその気になってくれりゃあ、木戸番同士でお互い町の平穏のため、なにかいい方法を考えつくかも知れねえ」

亭主も町の住人として、杢之助とおなじ考えだ。

杢之助はつづける。

「そう。町が穏やかであってくれるのが、なににも増してありがてえからなあ」

「ほんと、そのとおりさ。この町は、いい木戸番さんに恵まれたもんだ」

「ほんと、そうそう」

亭主が言って女房が相槌を入れたのへ杢之助は、

「待ってくんねえ。算段はするが、それであの野郎がもう来なくなるかどうかは分からねえぜ」

「なあに、木戸番さんがその気になってくれたんだ。俺たちも合力すらあ」

「そうそう」

また亭主が言い、女房がうなずきを入れる。

乾物屋夫婦と杢之助が話しているあいだに、矢吾市とお汐のかけ合いはお開きになったようだ。お汐が矢吾市をあくまで中に入れず、玄関先での立ち話を貫き、矢吾市はまたつぎの機会に期待することにしたのだろう。あきらめたのではないことを、杢之助は解している。

乾物屋の店先から、枝道を街道に向かう矢吾市の姿が見えた。

「きょうも激しい言い合いにならずにすんだようだ」

「でも、早いうちになんとかしなきゃ。木戸番さん、お願いしますよう」

乾物屋の店場で言う夫婦に、

「へえ、なんとか。とりあえずきょうはこれからあとを尾け、ご府内でのねぐらをつきとめ、素性も洗ってきまさあ」

杢之助は言い、乾物屋の店場に背を向けた。

「手間がかかるようだが」

「お願いしますねえ」

乾物屋の夫婦は店場から杢之助の背に言う。やはり町の住人として、お汐と府内の男との係り合いを気にとめている。

杢之助は前を向いたまま手で応じ、

(もうすこしで、なあんもなくならあ)

内心に念じ、角を曲がった。もう乾物屋から杢之助の背は見えない。

歩を進めながら、

「おっ」

低く声を洩らした。

前方の矢吾市とのあいだに、

(お汐さん！)

杢之助は首をかしげた。矢吾市とのあいだは、ふり返っても気づかれないようにかなり間を取っている。そこにお汐がいたのだ。歩を矢吾市に合わせ、明らかに尾けているのが、杢之助には分かる。

(なぜ!?)

思うと同時に、心ノ臓の高鳴りを覚えた。足腰の運びがぎこちなく、肩に力を入れている。それでいて歩を矢吾市に合わせる。きわめつけは、右手をふところに入れていることだ。素人が慣れぬものをふところに忍ばせたとき、どうしても利き腕をふところに入れ、握り締めることになる。

(刃物！)

脳裡に走る。

陽が中天にさしかかろうとしている。真昼間だ。こんな時分に、匕首などと気の利いたものではあるまい。おそらく台所に走り、とっさにつかんだ、出刃包丁だろう。

下り坂のつづく枝道から、海浜に沿った街道に出た。

矢吾市は人や荷馬の行き交うなかに、高輪大木戸のほうへ向かう。府内に戻るようだ。そのうしろにお汐がつづき、さらに杢之助がつながっている。

街道に歩を踏みながら、

(お汐さん、そこまで思い悩んでいた⁉)

脳裡に反省の念が込み上げてくる。

杢之助はお汐を見誤っていた。

いまここで走り、お汐に、

(許してくれ！　お汐さん!!)

謝りたい衝動に駆られる。

(早く気づき、手を打っておれば)

その思いが、いま杢之助の脳裡を占めている。

お汐は切羽詰まっていた。矢吾市はお汐とのやりとりで声を荒らげることも威嚇(いかく)することもなかった。

だがそれは、お汐が矢吾市とのやりとりの場を、外からも見える玄関先に限っていたからだ。実際は、おだやかそうに見えるなかに、両名とも逆に苛立(いらだ)ちを募らせていたのだ。

杢之助は感じ取った。おそらくきょう、ついさきほどのことだ。矢吾市は切羽詰まったときの言葉として、お汐に言ったと思われる。

「――お汐よ、おめえはいつも亭主も子もあるからと、のらりくらりと逃げてやがるが、どうしても嫌だというのなら、おめえがかつて女盗賊で俺たちの仲間だったことを、亭主にばらすぜ。町にもなあ」

お汐は胸の動悸を抑(おさ)え、黙して矢吾市の顔を見つめている。手足をかすかに震わせていたかも知れない。

　矢吾市はつづけた。

「――杉作さんといいなすったなあ。まじめそうな、いいご亭主じゃねえか。町の人らともうまくやっている。杉太というかわいいせがれもいる。その母親が、元女盗賊だったときた日にゃ、世間はどうなろうかのう」

　お汐が最も恐れていた言葉だ。

「――言いたけりゃ、言やあいいじゃないか」

　お汐は返したかも知れない。

　だが、加えたはずだ。

「――あたしゃねえ、一人ぼっちになろうと、昔の稼業にゃ戻りませんからねえ」

　言いそうな気概を、李之助はお汐に感じている。だからこれまで矢吾市の処理はお汐に任せ、早急な手は打たなかったのだ。

　そのためにお汐を、まともな発想を失い、出刃包丁を手にするところにまで追い込んでしまった。

　李之助は足を速め、

『よすんだ』

と、お汐をとめたかった。

実際、そのつもりで足に力が入った。

だが、矢吾市の前で……、できない。

お汐は矢吾市を殺そうとしている。杢之助も動機は異なるが、矢吾市を狙っているのだ。

三人はいま、海浜の東海道にそれぞれの思惑を胸に秘め、一定の間隔をとって歩を踏んでいる。

先頭の矢吾市が、高輪大木戸を江戸府内に入った。

内と外ではそれこそ十歩と違わぬのに、両脇の飲食や物売りの屋台や店場の雰囲気が異なる。江戸府内の町場と、なにごとも実用的な街道筋との差であろう。往来人の数も増えている。

お汐は矢吾市の背後へ五、六歩のところまで迫り、杢之助はお汐と十歩ほどの間隔をとっている。

(このにぎわいなら、矢吾市に気づかれず、お汐の袖を引くことができる)

杢之助は判断し、歩を速めた。

周囲の雰囲気が不意に変わったことで、お汐も心境に変化を生じさせたか。いまの行為自体、尋常ではないが、環境の変化が張りつめていた身を、動きやすくさせたのかも知れない。

（うっ、いかん！）

杢之助は歩を速めた瞬間、お汐の変化に気づいた。

お汐は瞬時の決断か歩を踏みながら身をかがめ、五歩か六歩さきの矢吾市の背に飛びかかる姿勢になった。

ふところの刃物はやはり出刃包丁だった。手に取りふりかざしたのが背後からも見えた。

（おめえに殺しなどさせねえっ）

杢之助は胸中に叫び、声にも出した。

「よせ！　よすんだ!!」

皺枯(しわが)れた声と同時に、杢之助の身は十歩ばかり前面のお汐に向け飛翔(ひしょう)した。遠すぎる。足技でお汐の動きをとめられる範囲ではなかった。

ただ、声は大きかった。

周囲が一瞬硬直した。

矢吾市にも聞こえた。

ふり返った。

「うわっ」

出刃包丁をふりかざし迫って来るお汐の背後に、門前町の木戸番人の姿が重なった。

「これは⁉」

さすがに矢吾市か、喧嘩慣れしている。とっさの場面に腰を落とし、すばやくふところから匕首を鞘のまま取り出した。抜く余裕はなかった。

「きぇーっ」

お汐の叫びとともに、出刃包丁の切っ先がそこに迫っている。鞘のままのほうが防御の具になる。

矢吾市の脳裡は転瞬、

(お汐⁉　木戸番⁇)

混乱したが、事態を覚った。お汐は自分を殺そうとし、それを門前町の相談人が気づいて声を上げてくれた。なぜ門前町の木戸番人がそこに……、考える余裕はなかった。

「覚悟ーっ」

お汐の声はすでに耳のそばだ。

「うっ」

矢吾市は迫って来た出刃包丁を鞘で防ぎ、

「小癪なっ」

抜いた。

その所作は目立たなかった。

「あぁあぁ」

お汐はまだ出刃包丁を離さないものの体勢を崩し、横へすっ飛ぶように崩れ込んだ。追いすがった杢之助が、左足で身を支え周囲を引きまわすように繰り出した右足の甲が、お汐の腰をしたたかに打ったのだ。

まさに杢之助の足技だった。だが周囲には、走り込んだ木戸番人がとっさに足を蹴り上げ、それが包丁を手に男へ襲いかかった女の腰を直撃したように見えた。その証拠に飛び込んだ木戸番は歳のせいか、

「わーっ」

体勢を崩し、女に襲われかけた男の横に崩れ込んだ。

「大丈夫か!?」

野次馬のなかから声が飛び、走り寄った男たちは刃物の女を蹴り倒し、その場に崩れ込んだ爺さんを助け起こした。ほかに数人、

「この女、なんなんだ！」

崩れ落ちた女を取り押さえた者たちもいた。お汐はまだ出刃包丁を離していなかったのだから、それはそれで勇気ある行為だった。

だが、それら野次馬たちは見落としていた。

もし、お汐が出刃包丁の切っ先をはねられたまま、矢吾市に体当たりするかたちになっていたなら、矢吾市の手の刃物は、間違いなくお汐の腹か胸に喰い込んでいただろう。杢之助が身の均衡を崩しながらくり出した足技は、矢吾市を助けようとしたのではない。お汐の命を救ったのだ。

三

高輪大木戸を入った町場は、芝の田町九丁目である。

その町の自身番で、

「ふーっ」

矢吾市はあらためて大きなため息をついた。もちろん匕首は、目立たぬようそっとふところに収めた。

いま自身番の奥の部屋では、駆けつけた奉行所の同心たちが、お汐を尋問している。すでに杢之助は役人が来るまえに芝田町の町役たちに状況を説明し、それは町役たちが役人に町場からの証言として報告し、杢之助が直接役人に接することはなかった。それによって同心たちに対し、現場をうまく収めたのは芝田町の町役たちということになる。そこを杢之助は心得ており、役人の前にしゃしゃり出ることはなかった。

そうした杢之助を、芝田町の町役たちは、

「――さすが門前町の番太郎。話が分かる」

と、喜んでいた。

矢吾市もすでに、

「――いやあ、面目ねえことで。男と女のちょいとしたもつれから、こんなことになってしもうて」

と、町場の町役たちにも奉行所の役人たちにも恐縮するように話している。

杢之助がそう仕向けたのだ。町人たちによって自身番に引かれるまえだった。杢之助は矢吾市に早口に言った。

「――男と女の揉め事にするんだ。事態を軽うするためにな」

この〝事態を軽うするためにな〟が利いた。

末尾につけ加えた〝な〟がまた、精神的な効果を発揮していた。杢之助が矢吾市の身になって語りかける表現になっていた。そこに矢吾市は、グッと感じるものがあったのだ。

事件の背後にある女盗賊への誘いがおもてになれば、街道一帯の町々を揺るがす重大事件へと発展し、矢吾市もお汐も小伝馬町(こでんまちょう)の牢屋敷送りとなり、娑婆(しゃば)に戻って来られるのはいつになるか分からなくなる。矢吾市はそのまま島送りになるかも知れなかったのだ。

お汐もおなじだった。街道で町の者に取り押さえられる寸前、杢之助はお汐の耳元に、低声(こごえ)で素早く言った。

「――あしたからも町場に暮らしてえんなら、こいつを色恋沙汰にするんだ」

「――・木戸番さん、あんた！」

お汐も感じるものがあり、思わず杢之助の顔を見た。しかも、自分の以前を知っている言いようではないか。

杢之助はそれにはかまわず、

「――町の者はみんな、男と女の情事の果てと見ておる」

「――は、はい」

お汐はうなずいた。

自身番の奥で、お汐はいまごろ話しているだろう。

「あの男、ほんとにしつこく、このままじゃ亭主にも近所のお人らにも知られてしまうと、つい切羽詰まって……」

町役たちが奉行所の同心に語った、杢之助が止めに駈け込んだようすも、現場を見ていた野次馬たちの証言と一致している。いずれも刃物は持ち出されたが、いまにも血を見るような緊迫したものではなかった。

「――女が刃物を！」

と、聞いて駈けつけた同心は、拍子抜けしたことだろう。事態はすでに収まっていて、当事者たちの証言と現場の動きに喰い違うところはなく、動機もありきたりの男と女の諍いで、わざわざ吟味するまでもなかった。刃物も用意されたものではなく、とっさに手に取った台所の包丁だった。

とりあえず刃物をふりかざしたお汐は、口書（自白書）の件もあり、小伝馬町の牢屋敷に引かれるのではなく、いましばしそのまま芝田町の自身番に留め置かれることになった。

「逃げ隠れする相手ではない。奉行所はこんな町場の些細な揉め事にいちいち係り合うている暇はない。この女を奉行所に引いて行ったのでは、わしが与力の旦那に手をわずらわせるなとお叱りを受けるわ」

などと同心は言っていた。

実際そのとおりなのだ。現場に刃物は舞ったが、血は流れていない。〝こんな町場の〟しかも男と女の痴話喧嘩など、わずらわしいことこの上ない。すなわち杢之助が、とっさの判断でそこへ持ち込んだのだ。

矢吾市の刃物は目立たず、不問とされその場で解き放たれた。

杢之助と肩をならべ、自身番を出ることができた。

その足で矢吾市は言う。

「いやあ、さすがあっしが見込んだだけのことはありまさあ。痴情のもつれなんざみっともねえが、それで助かりやしたよ」

「おめえがお汐さんに懸想してるってのは、町じゃ評判だからなあ」

「えっ、そうなんで？」

「なんだ、知らなかったのか。ともかくさっきの方便(ほうべん)、疑う者はいめえよ」

「騒ぎの現場でも、ほんと助かりやした。あのとき木戸番さんのひと声がなかったなら、多少の血は見ていたかも知れやせん。そうなりゃああっしは深く尋問され、話がどう進んだか。思うただけでゾッとしまさあ」

「それが分かってんなら、しばらくはおとなしくしてるんだなあ。このあと当分、車町へは行くな」

「へ、へえ。したが、……まったく行かねえのは、どうも」

歯切れは悪かった。お汐を仲間に引き入れる誘いを、まだあきらめていないようだ。

杢之助は府内の街道を、高輪大木戸のほうへ踏みながら言う。

「いま町の関心は、お汐に向いている。そんななかに、あの女を仕事仲間にたあまずい。あきらめろ。おっと、もう大木戸だ。儂ゃこのまま泉岳寺門前町に戻る。おめえは？」

「あっしもこのまま門前町の番小屋までついて行って、これからの話がしてえくれえで。なにしろ木戸番さんは、あっしがこれから立ち上げる白雲一味の相談人でやすからねえ」

矢吾市はますます杢之助に存在価値を見いだすというより、傾倒（けいとう）している。

「こきやがれ」

杢之助は返し、

「午間（ひるま）なんぞに来て、町の住人に顔を覚えられたんじゃまずいって言ってなかったかい」

「あ、言いやした、言いやした。するってえと、暗（くろ）うなってからだといいってことで？」

「来るなといっても来るじゃろ」

「そりゃあもう」

「したが矢吾市よ」

杢之助は敢（あ）えて矢吾市の名を口にした。

「へえ」

矢吾市は応じた。すでに杢之助に心酔しているといってもよいだろう。

杢之助は言う。

「来てもいいが、いま儂もおめえも芝の田町の町役さんたちに注目されてらあ」

「そのようで」

「きょうあすは困るぜ。数日間を置け。それに来るときゃあ、おめえひとりでだ。それに大木戸を出るときゃあ誰にも言わず、見られねえようにするんだ。この稼業はなあ、日ごろから動きを他人に知られねえようにしておかなきゃならねえ。それが守られねえんなら来るな」

「そのお言葉、ありがたいですぜ。ともかく用心深うさせてもらいまさあ」

二人の足は高輪大木戸の石垣にかかった。

「それじゃ、ここでな。儂はこのまま番小屋だ」

「へえ、あっしはねぐらへ」

杢之助は歩を大木戸の外へ進め、矢吾市はきびすを返し、大木戸まで杢之助を見送ったかたちになった。

お汐が刃物などを振りかざしたものだから、つい杢之助は必殺技は気づかれなかったものの、遊び人の矢吾市とつるんでいるような印象を、芝田町の町役にも町衆にも与えてしまった。

そのようななかで、矢吾市に殺しを仕掛けるなど危険きわまりない。杢之助は矢吾市と肩をならべ歩を踏みながら、

（こやつをいかように）

思いをめぐらせていた。

策のひとつとして、舞台を変更した。それで幾日（いくにち）かあいだを置き、暗くなってから誰にも気づかれないよう木戸番小屋へ来るよう仕向けたのだ。


あらためて杢之助はすり切れ畳の上で一人になった。

まったくきょうは、朝からいろいろなことがあった。

陽は西の空にかなりかたむいている。

（すまねえ、お汐さん）

あらためてお汐への申しわけなさが込み上げてくる。

出刃包丁を手に家を飛び出すほど、お汐が追いつめられていたことに気づかなかったのは、まったく杢之助の失態というほかはない。果たして所帯を持ったことのない者の感覚からくる失態か。杢之助には失いたくない環境はあっても、護らねばならない家庭はないのだ。お汐にはそれがあった。

そればかりか、お汐が刃物を隠し持っていることに気づきながら、それを人知れず抑えこむ間合いも見誤った。そこをうまくやっておけば、事件は起きていなかったのだ。

（こたびの騒ぎは、どう見ても儂が迂闊だったわい。ともかくこたびの件はお汐さんにとって、奉行所の役人が言うておったように、自身番での口書だけで済めばいいんだが）

芝田町の自身番ではいまごろ、役人がお汐を相手に口書を作成していることだろう。口書のあと、解き放ちが決まっているわけではない。どうなるか、役人の胸三寸なのだ。

（お汐さん、出刃包丁はあくまで矢吾市の横恋慕から、家を護るためだったことにするんだぜ）

杢之助はさらに念じた。

（儂ゃあ二重の失態をしてしまったが、三つめはうまくやらなきゃなあ。失敗は許されねえ）

三つめとは、矢吾市を誰にも気づかれず、この世から葬ることである。

こたびの件で、

（やりにくうなったわけじゃねえ。ちょいとさき延ばしは免れねえが、けえってやりやすうなったぜ）

杢之助は思っている。矢吾市がますます、杢之助になついてきたのだ。

四

もう一つ気になるのが、町内のうわさである。これも処理しなければならないことだ。

町に第一報がながれたのはその日、太陽が沈んで間もなく、まだ提灯なしで歩ける時分だった。

それよりもまえに、李之助は府内から帰ると、木戸番小屋よりもさきに向かいの日向亭に声をかけ、あるじの翔右衛門に、

「府内の矢吾市なる遊び人が、車町のお汐さんに懸想しやして……」

と、大木戸を府内に入ったところで軽い騒ぎがあり、土地の自身番に町奉行所の同心まで出張って来たことを報告した。

日向亭翔右衛門は車町と門前町の町役を兼ねており、李之助は門前町の木戸番人として、車町の住人がからんだ揉め事は話しておかねばならない。

このとき李之助は嘘も方便で、あくまで騒ぎは男と女の痴情のもつれによるものとして話した。お汐の以前と盗賊の誘いが原因であることなど、断じておもてにし

てはならない。事態を人知れず収め、町の平穏を守るためだ。町役の望むところでもあるのだ。

翔右衛門は、

「それはそれは、ご苦労さんでした。車町の者もからんで、田町の町役さんたちの手をわずらわせてしまいましたか」

と、土地の町役たちをねぎらうように言った。

もっとも男女の痴情にからむ揉め事など、町場のうわさとしてはおもしろいだろうが、町の安寧を望む町役にすれば、面倒で迷惑なことこの上ない。

「で、お汐さんはいまいかように……？」

やはりそこは気になる。場合によっては町役が奉行所へ出向くことになりかねないのだ。

「町場に出張って来たお役人は面倒くさがって、牢屋敷や奉行所までは持って行かず、土地(ところ)の自身番で口書だけで済ませたいような口ぶりでござんした」

言うと翔右衛門は、

「ほう。そう願いたいですなあ」

と、期待を口にしていた。

いくらかの時が過ぎ、日向亭翔右衛門が、

「木戸番さん、木戸番さん。おまえさんの言ったとおりじゃった」

と、木戸番小屋の敷居をまたぐなり語ったのはその日の夕刻、陽が沈んで間もなくのころだった。

翔右衛門は、杢之助から大木戸向こうでのお汐の一件を聞いたあと、しばらくして江戸町奉行所の役人の遣いから、芝田町の自身番に至急出頭するよう通知を受けた。〝至急〟と言われても翔右衛門は驚かなかった。芝田町での一件はすでに杢之助から聞いている。その町の自身番は高輪大木戸を入ってすぐの所にある。車町からはきわめて近い。

小僧をひとりともなって出向くと案の定、

――お汐なる車町の住人を預かっておる。解き放つゆえ連れ帰れ

というものだった。

車町の町役がもうひとり、それに亭主の杉作も心配げな表情で来ていた。これでお汐が役人に引かれたことは、亭主にも町の住人にも知られた。

だがお汐にとって、痛手ではなかった。江戸府内の遊び人のような男がお汐に〝懸想〟し、幾度も車町まで押しかけていたことは、町内の住人の広く知るところで、実は亭主の杉作も早くから気づいていた。男が幾度も来るのは、お汐が毎回はね返している証でもあったのだ。

そればかりか、事態はお汐にとって好ましいものになっていた。懸想した側の矢吾市も男女の色恋沙汰だったと話し、ほんとうの原因である盗賊のからむ話は、隠すことができたのだ。

それは矢吾市にとってもおなじだった。

(――さすが門前町の木戸番、うまくやってくれたものだ。こいつあすげえ拾い物だったかもしれねえぞ)

と、独りほくそ笑んでいた。

同時に杢之助への信頼も、いっそう強めた。

芝田町の自身番から戻って来た日向亭翔右衛門は、木戸番小屋の三和土に立ったまま、

「まったく木戸番さんの言うとおりでしたじゃ。矢吾市なる府内の遊び人がお汐さんに懸想し、それがしつこいのでついお汐さん、台所の包丁を持ち出したそうな。

ふところからつかみ出したものの、相手に飛びかかったわけじゃなし。まあ、どこにでもある痴話喧嘩を、ちょいと路上で演じただけのことでしたじゃ。向こうの町役さんたちが言うには、そこを門前町(こちら)の木戸番さん、おまえさんじゃ。うまく仕切ってくれたとか。わたしゃあ聞いていて、鼻が高かったですよ」

嬉しそうに語った。

杢之助は、

「まあ、お汐さんが心配(しんぺえ)で、ちょいと覗(のぞ)いてみただけでさあ」

謙遜(けんそん)して言った。

お汐が自身番での口書と奉行所からの〝お叱(しか)り〟だけで済んだのは、杢之助の機転のおかげだった。放免となり、その身柄の引き取りに日向亭翔右衛門が町役のひとりとして芝田町の自身番に呼ばれたのだった。

自身番は奉行所の差配は受けても町の運営であり、そこで解き放ちとは、きわめて軽微(けいび)な騒ぎとして処理されたことになる。

翔右衛門は木戸番小屋の三和土に立ったまま、あらためて言った。

「木戸番さん、ほんとによく仕切ってくれましたなあ」

翔右衛門は騒ぎの裏まで知らなくとも、杢之助が並みの木戸番人ではないことをあらためて覚(さと)ったようだ。

町でのうわさはこの日、夕刻に翔右衛門が日向亭に戻って来てからで、範囲は日向亭の近辺の狭い範囲でのものだった。一夜明ければ、事態はちょいとしたものになっていた。

「門前町(うち)の木戸番さんが、大木戸の向こうから来た女たらしを、もう来させないようにしなすった」

「そやつはかなりの遊び人で、お汐さんも間違いのないよう、きっぱりと対応したそうな」

朝からうわさはながれていた。

そのはずだ。

お汐がきのうのうちに放(はな)たれ、亭主や翔右衛門など町役たちにともなわれて帰って来る途中から、

「——あーら、ものものしい。また、どうしたの」

と、問いかける車町の住人たちに、

「——あたしに言い寄っていた府内の男さ、うっとうしいからちょいと出刃包丁を向けたのさ。それで大木戸の内側の自身番でさあ……」

話していたのだ。

　それらのうわさは日の入り後ということもあって、派手に広まることなく夜の町内に鬱積（うっせき）した。

　一夜が明けた。

　杢之助はいつも日の出すこしまえに泉岳寺門前町の木戸を開けるが、街道で待っていた豆腐屋や納豆屋、しじみ売りなど朝の棒手振（ぼてふり）たちから、杢之助が番小屋から出てくるなり、

「おう、木戸番さん。きのうはご苦労さんだったらしいなあ」

「男と女の揉め事で、大木戸の向こうまで行ったんだって？」

　声が飛んだ。

　木戸を開けると、普段なら棒手振たちは競って門前町の通りに触売（ふれうり）の声をながすが、この日ばかりはしばし杢之助のまわりに集まり、

「で、町中（まちなか）での男と女の痴話喧嘩って、つかみ合いでもやらかしたのかい」

「奉行所のお役人が出張って来たってんだろう？」

　などと訊く。

　お汐と矢吾市の係り合いがすっかり男女の痴話喧嘩として定着した以上、もう大

げさに話す必要はない。

「そんな派手なもんじゃねえよ。そりゃあお役人は出張って来たが、お叱りだけで放免さ。刃物を手につっかかったわけでもなんでもねえ」

と、杢之助はできるだけ小さく話した。

午ごろになっても、

「木戸番さん、立ち会ったって⁉ どんなようすだったね」

と、わざわざ木戸番小屋に訊きに来る者がいた。

車町や門前町にはすでにお汐の名は知られており、伏せればかえって不自然になる。

「大木戸向こうの男がちょいと与太でなあ。それでお汐さん包丁まで持ちだしてきつぱり断ったもんだから、役人が出てくる破目になっちまったのよ。じゃが実際は大した騒ぎでもなく、その場で放免さ。出張って来たお役人も、拍子抜けしたことだろうよ」

杢之助は語った。そのとおりなのだ。

語りながらひと安堵するも、胸中に覚える不安は消せなかった。

五

陽は西の空にかたむいている。

「うーむ」

うめいた。

焦っているのではない。お汐と矢吾市の係り合いは色恋沙汰として収め、すでに落着した過去のものだ。

さきほども門前町のおかみさんが通りすがりに、

「木戸番さん、大変だったとか。車町のお人のことで大木戸の向こうまで？」

語りかけてきた。

「ああ、成り行き上な」

杢之助は横を向いたまま返した。話に応じようとする姿勢ではない。おかみさんもそれを察したか、

「ま、そうなるのも、門前町(ここ)の木戸番さんだからですよう」

杢之助を自慢するように言い、通り過ぎて行った。

うわさは下火となり、杉作とお汐には逆に変化のきざしが見えていた。

「あの生まじめ亭主に、しっかり者の女房よ」

町の者は言い、杉作に棚づくりや座卓なおしなど指物の仕事が増え始めた。

それに遊び人の矢吾市が、お汐を女盗賊に引き込むのは断念したようだ。お汐の存在がこうも世間に知れわたったのでは、盗賊稼業の誘いなど仕掛けられたものではない。これは杢之助の、予期せぬ成果だった。

ならば杢之助はなにが穏やかでなく、なにをうめいているのか。

千拾郎と矢吾市だ。なにしろ音なしの千拾郎は杢之助の以前を知っており、その配下の矢吾市は、こともあろうに白雲一味を名乗ろうとしている。

白雲一味と杢之助の係り合いを、千拾郎が矢吾市に語るのはもはや防げないだろう。すでに矢吾市が聞いて、仰天していてもおかしくはない。


木戸番小屋の玄関口に人が立った。

(おっ、来たな！)

杢之助は緊張を覚えた。矢吾市がそれを知れば、杢之助に恐縮しながら確かめに来るはずだ。

声が聞こえた。

「あのう、この町に……」

尋ね人だった。それに応えるのも、木戸番人の役目のひとつだ。町内の住人を訪ねて来たその人に、杢之助はおもてまで出て丁寧に教えた。

その背を見送り、ふたたびすり切れ畳に戻る。

（やはり、千拾郎に質す以外にないか）

思えてくる。

もし矢吾市の耳に入っていたなら、

（儂ゃあ今宵から、もうここにゃ住めねえ）

胸中につぶやき、すり切れ畳を手でそっと撫で、部屋の隅にまるめている笠や着替えなど、わずかばかりの家財に視線を向けた。それらを風呂敷に包み、住人の誰にも見られず、

（いずこかへ……）

それよりも、当面の目標である矢吾市の始末をつけねばならない。世のため人のためである。だが、杢之助の以前がうわさになるのと同時に、矢吾市が何者かに殺され、杢之助がいなくなったのでは、

『やはりあの木戸番さん……』

町の住人は思い、さきの色恋沙汰とは異なり、末永く人々の語るところとなるだろう。

そうなったとき、いまの杢之助に行くあてはない。泉岳寺門前町が、すべてなのだ。


ふたたび、すり切れ畳を撫でた。莚(むしろ)に近い感触を指先に感じる。

(せめて、前を通れよ)

念じる。千拾郎がいかに変装していようと、いまの杢之助ならひと目で見分けがつくだろう。

陽は西の空にかなりかたむいている。夕暮れが近づいている。

顔を上げ、開け放した腰高障子の外に目をやった。

念願が天に通じたか、

「おっ」

往来人のなかから、腰切半纏に笠をかぶり道具箱を肩にした職人姿が目にとまった。

(音なしの!!)

速足（はやあし）だ。明らかに木戸番小屋を避けようとしている。年齢と貫禄から、道具箱を肩にしていても、いずれかの大工の棟梁（とうりょう）のように見える。

大木戸のほうから品川方面に向かっている。

（府内で配下の矢吾市に会っていた!?）

杢之助は瞬時、心ノ臓が高なるのを覚えた。

腰を上げ、三和土に飛び下りるなり下駄をつっかけ、

「おうおう、そこの職人さん！」

職人姿は番小屋の前を通り過ぎたところでふり返り、

「ああ、これは木戸番さん」

はたして音なしの千拾郎だった。

千拾郎の真剣だった表情が、瞬時に笑顔に変わった。往来人たちの目には、木戸番人が通りかかった顔見知りの職人を呼びとめたように映ったことだろう。そのあとの両者のやりとりも所作も、それを示していた。

「黙って通り過ぎかね。ちょいと寄っていかねえかい」

「こいつはどうも。ついあしたの段取（だんどり）を考えながら歩いていたもんで」

「そうかい」

と、杢之助は番小屋を手で示し、

「仕事熱心はいいことだ。まあ、いまはともかく。さあ」

「じゃあ、ちょいとお邪魔しやすかい」

棟梁のような職人姿は木戸番人に従い、番小屋に入った。

木戸番人が率先して住人を番小屋に招き入れるなど、木戸の開け閉めと夜まわりだけの番小屋では見られない光景だが、

(いつものこと)

(門前町の木戸番さんらしい)

往来の住人はそういった表情で、杢之助と音なしの千拾郎を見ている。

すれ違いざまに、

「あら、きょうもお知り合い？」

声をかけるおかみさんもいる。

「まあな」

杢之助が返せば千拾郎も、

「へえ」

と、道具箱を肩にしたままつづけ、町のおかみさんのほうへぴょこりと頭を下げ

る。

おかみさんはその職人が、町奉行所からも火盗改からも追われている大盗であることなど、言われても信じないだろう。


木戸番小屋の中だ。

すり切れ畳を〝座れ〟と手で示そうとした杢之助は、

「いや、道具箱はそこへ置いて、上がれ」

と、みずからすり切れ畳に上がってあぐらを組み、自分の膝の前を、

「さあ」

手で示した。

三和土から畳に腰かけて話すのではなく、向かい合ってあぐらを組み、じっくり話そうというのだ。

「へへ、やはりそう来なさったか。ま、お言葉に甘えやして」

千拾郎は応じ、重い道具箱を肩から下ろし、杢之助につづいてすり切れ畳に上がった。

その所作に、

(困った)

ためらいがあるのを、千拾郎は隠し得なかった。

李之助はそこに気づき、かえって話をさっさとまえに進めた。

「どうしたい。ご府内のほうから戻って来たようだが、芝の田町で配下の威勢のいい若いのと会ってたかい」

「へ、へえ」

千拾郎はとっさにそれを矢吾市と覚り、戸惑いながら返した。

(やはり、会っていた)

しかも、

(話しやがったな)

李之助は直感した。

千拾郎は李之助のそうしたようすを解し、覚悟を決めたように応えた。

「驚きやしたよ。一家の名を白雲一味などと」

「ふふふ」

「あれ？　驚かねえんで??」

千拾郎の問いに、李之助は言った。

「やつめ、番小屋でもそれをしゃあしゃあと話しおった。それで儂を、一味の相談人にとな」

「えぇえ！　それで木戸番さん、どのように!?」

「どのようにもこのようにもあるかい。引き受けたぜ、嗤いを堪えてな。野郎、よろこんで帰っていきやがった」

「それで、ご自身のことは!?」

「話しておらん。で、おめえは？　話したみてえだな」

と、いま木戸番小屋に立ち寄れば、それが話題になると直感したから、千拾郎はいくらかのためらいを見せたのだ。

　杢之助は話を進めた。

　千拾郎は応えざるを得ない。

「へえ。やつめ、白雲一味はもう過去のもので、一家で生きているお人もいねえと聞いたからなどと言うもんで」

「それで言ったかい、ひとり生きてるって」

「話しやした、やつに白雲一味を名乗るのなどやめさせようと思いやして。するってえとやっこさん、その人はどなたで、わしの知っている人かなどと。それはもうしつこく……」

「ふむ。で、話した……と」

「へ、へえ。やむなく」

「そうか。野郎、白雲一味を名乗るの、あきらめたか」

「いえ、その逆で。話したときは飛び上がらんばかりに驚いていやしたが……、元白雲一味の副将格だったお人に、新しい白雲一味の相談人になってもらう。こんなありがてえことはねえ、と」

「なんと図々しい……」

「へえ、図々しいです。そればかりか、やつめ、言いやがるんで」

「なんて」

「なるほどあの木戸番さんを見ていると、ひとりもお縄にならなかったのが分かるような気がする……などと。それで、あやかりてえ……と。もう、これからさきが心配で」

「そのとおりだ。で、おめえが儂の以前を野郎に話したとき、手下の誰か、そばにいたかい」

「そこは気を遣い、誰もいねえときに……。矢吾市にもきつく口止めしておきやし

「ふむ」

杢之助は返したが、それで安堵などできるはずがない。

矢吾市に強く口止めしたからといって、他に洩れないと保証されたわけではないのだ。その逆である。矢吾市は近いうちに、白雲一味の名を継承することを、同業や手下たちに話すだろう。そのとき得意満面に、

『実はだ、かつて白雲一味の副将格だったお人が……』

話すはずだ。話すなというほうが無理だろう。

同業も手下どもも、

『えっ、泉岳寺門前町の、あの番太郎が⁉』

と、驚くことだろう。

それが町場にも街道にも、ながれ出るのはいつか。

二日さきか、三日さきか……。

もはや時間の問題になったといってよかった。

李之助はまた腰高障子の外に目をやった。

暗くなりかけている。

「おう、足元が見えなくなるめえに帰んな」

「あ、ほんとだ」

千拾郎も外に目をながし、その視線を部屋の隅にやった。

木戸番小屋の提灯と拍子木がある。

杢之助は言った。

「提灯は貸せねえぜ。このめえは提灯なしで火の用心にまわって往生したぜ。儂も歳だで」

「さようでしたかい。そんなら、足元の見えるうちに」

音なしの千拾郎は腰を上げた。

杢之助はながれ大工の仙蔵に提灯を貸した日、灯りなしで夜まわりに出たが、往生などしていなかった。ただ〝泉岳寺門前町〟と墨書された木戸番小屋の提灯が、なにものにもかえがたい愛おしいものに感じられたのだ。しかも、あと幾日それを手に火の用心にまわれるか分からないとあってはなおさらだ。木戸番小屋の提灯を他人に、まして盗賊に貸す気はしない。

杢之助は千拾郎を急かし、すり切れ畳の上から見送るのではなく、迎え入れたときのように三和土に下り、下駄をつっかけた。

　ふたりがせまい三和土に立つかたちになった。

　千拾郎は、

「ま、以前を喋ったのは申しわけありやせんでしたが、これもあやつに名乗りをやめさせようと思うてのことで、悪う思わんでくだせえ」

　言うと顔を隠すように笠をかぶり、

「よいしょっ」

　ふたたび重い道具箱を担いだ。実際に重いのだ。

「ほう」

　杢之助はうなった。

「なにが？」

　問う千拾郎に杢之助は応えた。

「まえまえから思うておったのじゃが、おめえさん、職人を扮（こしら）えたとき、股引（ももひき）と腰切半纏に三尺帯だけでいいものを、わざわざ重い道具箱まで担いでござる。そこまでしなくとも」

「あははは、木戸番さんらしくもねえことを。職人は衣装だけじゃござんせん。本物の道具類を入れた道具箱を担いでこそ、本物に近づけるんでさあ」

「その用心深さを、あの若えのにも示してもらいたかったぜ」

千拾郎は李之助の言った意味を解したか、

「いやあ、木戸番さん。あやつにゃ強く言っておきやしたから、ご懸念にゃ及びやせんや」

「そうか」

李之助は返した。得心したのではない。ここで言い合っても詮ないことを解しているのだ。ただ、あらためて感じた。

(こやつ、かたちへの用心深さは褒めてやるが、世間への用心が足りねえ。それもやはり、足を洗う気がねえからか)

李之助のそうした思いに、千拾郎は気がつかなかったようだ。

「ほんと、ご懸念にゃ及びやせん」

ふたたび言うと敷居をまたぎ、道具箱を肩に品川のほうへ向かった。

その背を見るに、李之助の胸中には込み上げてくるものがあった。

(おめえとは、しょせん住むところが違うようだのう。分かり合えると思うたが、寂しいぜ)

そのような千拾郎もまた、李之助の気が落ち着かない一因なのだ。

泉岳寺祈願

一

千拾郎の背が角を曲がり、見えなくなった。

（おめえ、矢吾市とおんなじ、根っからの盗っ人じゃあるめえ。儂ゃあ、まだあきらめねえぜ。と、いうより、信じてらあ）

胸中につぶやいた。

「おっと、きょうは冷えやがるぜ」

声に出し、番小屋に戻って腰高障子を閉めた。

神無月（十月）といえば、冬の入り口である。その下旬に近づけば、やはり冬を感じる日が多くなり、職人姿を扮えていた音なしの千拾郎を木戸番小屋に呼び入れたこの日も、そのような一日だった。

腰高障子を閉めると、外はまだ提灯なしでも歩けるが、部屋の中はかなり暗くなる。

「おっといけねえ」

つぶやき、向かいの日向亭から火をもらって来て部屋の油皿に移した。神無月であれば、陽が沈むとあたりの暮れるのは早い。灯芯一本でも部屋の中に明るさを感じる。

「千拾郎どん」

つぶやくように声に出し、

(いまのおめえのままじゃ許せねえ……が)

胸中に念じ、

「ともかくいま、狙いは矢吾市だ」

低く声に出した。

本来ならきのうかきょう、高輪の大木戸から府内に入り、なんらかの方法で矢吾市を行方知れず(ゆくかたしれず)にするか、その方策を確保する算段だった。それをお汐(せき)が大木戸を入った芝は田町の街道で、矢吾市に出刃包丁で斬りつけようとして騒ぎになったことから、おなじ芝の田町で矢吾市を葬(ほうむ)れなくなった。殺しへの動きも、数日さき延ばしにせざるを得なくなった。

芝の田町の街道筋から奥まったところに、矢吾市はねぐらをかまえている。決行の場所も変更した。

そのため矢吾市に、誰にも覚られず、且つ夕刻、木戸番小屋へ来るように仕向けたのだ。

その矢吾市にきょう、音なしの千拾郎の口から、杢之助がこれまで隠しに隠してきた以前が伝わった。やむを得ない理由があったため、そのことに対して千拾郎に恨みはないが、矢吾市が杢之助の以前を知ったことは、動かしがたい事実だ。

（と、なれば、さき延ばしなどできねえ）

千拾郎の背を見送り、杢之助は決意せざるを得なかった。おのれのきょうからの死活がかかっているのだ。

だからといって、いま秘かに大木戸を府内に入り、矢吾市のねぐらがある芝の田町で行動を起こすことはますますできなくなった。杢之助が田町に入り、そこで矢吾市の死体が転がっていたり、あるいは当人が行方知れずになったりしたなら、杢之助が疑われることになる。

やはり、杢之助が示唆したように、矢吾市が誰にも覚られず木戸を出て泉岳寺門前町の木戸番小屋に現われるのを待つ以外にない。そこからさきの算段は、すでに考えている。

徐々に暗くなってゆく外に視線をながし、

「うーん」

李之助はまたうなった。

これまで以上に、待つ身の不安を覚える。それは不安などといった生やさしいものではない。李之助がいま感じているのは、

(恐怖)

である。

「むむむむっ」

波の音のなかに、またうなった。

動きたいが動けない。うなる以外、できることがない。

せめてもの救いは、矢吾市も玄人(くろうと)だということだ。

李之助の以前が、思いがけなくおもしろい話だからといって、

(やみくもにだれかれ喋(しゃべ)ることはあるまい)

と、推察できるのだ。矢吾市が喋るなら、なにやらの計画と打算の上でそれを利用するはずだ。

そのとおりだった。矢吾市はほくそ笑(え)みながら、この貴重な話を自分の胸三寸に収めた。

それを口にするのは、白雲一味の名の継承を、盗賊仲間たちに公表するときになるだろう。そのとき矢吾市は、白雲一味の元副将格が新たな白雲一味の相談人であることを、得意満面に話すだろう。もちろん、それは誰か……も。一同は仰天するはずだ。そのときの矢吾市の姿や盗賊どものようすが、李之助にはいまいましい気分で、容易に想像することができた。

腹立たしい思いをなんとか抑(おさ)えているうちに、外はすっかり暗くなっていた。

「いけねえ！」

声に出した。

いずれかから五ツ（およそ午後八時）の鐘(かね)の音(ね)が聞こえてきたのだ。その日一回目の火の用心にまわる時刻だ。いずれの町も木戸番人は、時の鐘や寺の鐘を聞き、それを合図にやおら拍子木の紐を首にかけ、提灯を手に暗い外に出て火の用心の口上を口にする。

李之助に限って夜まわりは泉岳寺などの鐘の音に頼らず、習慣としてからだで感知し、用意をととのえて外に出る。拍子木を一、二度打ち、火の用心の口上も一、二回述べたあとに、いずれかの鐘の音を聞くのだ。

今宵のように、鐘の音を聞くまで夜まわりの時間に気がつかなかったのは、泉岳寺門前町の木戸番小屋に入ってから初めてのことだ。それほどに杢之助は、現役の盗賊矢吾市に、おのれの以前を知られてしまったことに、恐怖に近い懸念を覚えていたのだ。

急いで拍子木の紐を首にかけ、油皿の火を提灯に移し、下駄をつっかけ暗いおもてに出た。

いつもなら坂の上のほうへ数歩進んでから拍子木を打ち、火の用心の口上を口にするのだが、この日は敷居を外にまたぐなり、

――チョーン
固い木の音を響かせ、

「火のよーじん……」

いくらか早口になり、坂道を上るのも速足になりかけた。

すぐに、

(いかん、慌てちゃ。手抜きになるぞ)

胸中でみずからに言い聞かせ、口調も足もいつもどおりゆったりとしたものに戻

し、周囲にも丹念に気を配った。急いで外に出たのも、いつもの丹念な夜まわりに戻ったのも、些細なことのようだが、そうしたひとつひとつも、杢之助の几帳面さを示していようか。

いつものようにゆっくりとした足取りになったが、火の用心の口調と打つ拍子木の響きは、いつもより明瞭なものになっていた。

（この町で夜まわりができるのも、あと数回かも知れねえ）

思うと、

（せめて儂の拍子木と火の用心の声を、住人のお人らへ明確に）

所作と声にあらわれるのだ。

暗いなかに杢之助の持つ提灯の灯りが、泉岳寺の門前に達した。来た坂道をゆっくりと振り返り見下ろす。両脇の家々の輪郭が黒くつづいている。この時分、灯りのある家がわずかだがある。

（儂が見守っておりやす。静かにお休みくだせえ）

胸中に念じる。

大きく息をつき、いつものように枝道にも火の用心の声をながしながら、街道まで下りて来る。

木戸番小屋の前だ。いま火の用心を触れてきた坂道に一礼し、部屋に戻り提灯の火を油皿に返し、すり切れ畳の上にひとりあぐらを組む。つぎの夜まわりまで、いくらか間がある。

波の音が聞こえる。頭の中に、現在おのれの置かれている現実が襲ってくる。

(来よ、此処へ)

音なしの千拾郎に求めたのとおなじことを、現在杢之助は矢吾市に強くうながしている。だが、目的はまったく異なる。

千拾郎に木戸番小屋へ来るように願ったのは、千拾郎から矢吾市のようすを訊くためだった。矢吾市にそれを願うのは、この世から消えてもらうためである。

もちろんそれは、

(世のため人のため)

杢之助はそこへの意識を強めている。

そこにいま、もうひとつの理由が加わった。

(おのれの身を守るため)

矢吾市は杢之助の以前を知ってしまった。それをチラとでも世間に洩らせば、杢之助はこの世でまっとうに生きる術を失う。杢之助にとってはいま、このほうが最も矢吾市を消す切実な問題となっている。

　それが人ひとりを殺す理由となったことで、

（当の矢吾市にゃ申しわけねえが）

　その思いが、李之助の心の奥底に芽生えている。

　考えれば、おのれの身の保全のため他人を殺める……。こんな身勝手はない。李之助の心の奥底にも、そうした自分勝手な思いがないとは言えない。

　それでも、

（さあ、来よ）

　李之助はまた念じた。

　しかもそれは、

（矢吾市め、すでに洩らしたかも知れぬ）

　恐怖感が一体となっている。

（待てぬ）

　思われてくる。

　いまから夜の大木戸を入り、

（殺るか）

衝動に駆られる。

「むむ」

低く声に出し、

「そろそろだな」

腰をすり切れ畳から浮かせた。

きょう二回目の夜まわりだ。

ふたたび拍子木の紐を首に、火を入れた提灯を手に下駄をつっかけた。一回目のときはいくらか慌てたが、二回目のいまはじゅうぶん余裕がある。

暗いおもてにゆっくりと出て、拍子木を軽く打ってから数歩坂上に歩を踏み、
声に出した。

「火のーよーじん……」

二回目のこの時分、町の中で灯りといえば、泉岳寺門前の常夜灯と杢之助の持つ提灯のみとなる。杢之助の夜まわりは、町の毎日の営(いとな)みの一部になっている。

火の用心にまわっているとき、そこに専念し、しばし脳裡から雑念を払うことができる。

だが、ひとまわり終え、坂の下から坂上の泉岳寺門前に向かって一礼し、すり切

れ畳にひとりとなると話は別だ。

心の奥底に抑えていた思いが、思考のすべてを覆(おお)い始める。

(矢吾市……、つい口がすべり、もう誰かに洩らしていないか)

それである。

杢之助の予測では、矢吾市が白雲一味の名の継承を仲間へ明らかにするときである。音なしの千拾郎の話しぶりや矢吾市の人集めのようすなどから、それは数日さきと思っている。

だが、話の内容が大き過ぎる。

(すでに、もう……。そうでなければ、あした!?)

思えてくるのだ。

(ならば、今宵……)

急ぐ思いが〝世のため、人のため〟よりも、おのれの保身のためとあっては、

(矢吾市にゃ申しわけねえが……)

その思いが、浮かしかけた腰をまたもとに戻させる。

「ふーっ」

杢之助はすり切れ畳の上で大きく息をついた。

あとはもう、高鳴る胸中を抑え、寝入るばかりだ。

二

朝だ。

いつものように、日の出まえに木戸を開ける。

杢之助が番小屋の中から腰高障子を開けるとき、豆腐屋や納豆売りなど、朝の棒手振たちが数人すでに街道から木戸の外に来ている。

恐(こわ)かった。

「――木戸番さん、住人のあと始末で府内まで行ったんだって?」

などと、生やさしいことを訊かれるのではない。

『あんた、以前……』

『ホントかね!?　まさかと思うが』

問われるかも知れない。

『どうりで』

言う者がいるかも知れない。

それらのかけらでも聞けば、すぐさま番小屋に戻り、夜逃げならず朝逃げの用意にかからねばならない。日の出まえで、住人はすでに起きていようが、まだおもてに出て来ていない。

杢之助は腰高障子の内側で息を大きく吸い、そっと開けた。

顔を見せた。

「おう、木戸番さん。起きたかい」

「さあ、開けてくんねえ」

声が飛ぶ。

いつもの聞き慣れた声だ。

大きく吸った息を一度に吐いた。

洩れていない。

朝逃げの用意をしなくて済んだ。

棒手振たちの触売（ふれうり）の声とともに、納豆やしじみを買う住人らが通りに出てきた。

「いつも木戸番さんの朝が早いから、こちらも朝の用意が早くできて助かるよ」

と、これまたいつもの聞き慣れた言葉が飛び交う。

だが、安心はできない。きょうにも矢吾市は盗賊仲間に話すかも知れない。まだ

早朝だが、あるいは芝の田町のねぐらに昨夜から手下が泊まり込んでいて、矢吾市はひと晩考えた挙句(あげく)いまごろ、

『実はなあ……』

と、話しているかも知れない。

陽は昇り、おもてを通り木戸番小屋の中をのぞき込む仕草をする者がいたなら、それだけでドキリとする。

過敏なのではない。昨夜、矢吾市は数名の手下とともに動きを共にしていたのだ。まだ洩らしていないにしても、矢吾市にとってこれほど仲間に話したい話題はないのだ。

陽はかなり高くなったが、午(ひる)にはまだ間がある時分だった。

「木戸番さん、いなさるか」

と、老いた声を木戸番小屋に入れたのは、なんと音なしの千拾郎だった。いま最も危険な矢吾市に杢之助の以前を語ったのは千拾郎なのだ。だが、杢之助はそれを恨んではいない。矢吾市が白雲一味の呼び名を勝手に名乗ろうとしているのを止めさせるために、〝実はなあ〟と杢之助がかつて白雲一味の副将格だったことを告げ

たのだ。矢吾市が白雲一味の名乗りを遠慮するどころか、逆に舞い上がったのは千拾郎のせいではない。

だがそのおかげで木戸番小屋のすり切れ畳が、李之助にとっては針の莚(むしろ)になったのだ。

その千拾郎が木戸番小屋を訪ねるのに小さな声だったのは、世間をはばかるよりも李之助へのうしろめたさがあったからかも知れない。低い声というより、その場に消え入りそうなほど、しかも全身にまったく力が入っていなかった。

（こやつ、なにかあったか。儂への遠慮を通り越しているようにも見えるが）

李之助は感じ取った。

「どうしたい。おめえの稼業に、なにか出来(しゅったい)したかい」

盗っ人稼業になにか生じたかと訊いたのだ。

「ああ」

音なしの千拾郎は返した。李之助より十年若い五十路(いそじ)に近い身だが、足腰はむろん肩にも力のないいまの姿は、李之助よりさらに老(ふ)けて見える。もっとも李之助が実際の還暦近くより十年は若く見えるのだが……。

「えっ」

李之助は緊張した。矢吾市が白雲一味の名の継承を盗賊仲間に披露し、その席で仲間たちに、

(語った?)

李之助は感じた。

だがきょう朝から泉岳寺門前町になんの変化もない。

(盗賊仲間での披露だから、娑婆の町衆に広まるのが遅れているだけ?)

李之助は思うと、急に心ノ臓が高なるのを覚えた。

いま李之助は千拾郎に、すり切れ畳に腰を下ろせと言うのも忘れている。

千拾郎は番小屋の狭い三和土に立ったまま、うしろ手で腰高障子を閉めた。すでに冬を感じる神無月の下旬に近いとあっては、李之助の木戸番小屋がいままで開けっ放しにしていた腰高障子を閉めてもおかしくはない。

だが李之助は、

(ん? どうした)

と、千拾郎が来るまで、開け放したままだったのだ。千拾郎は開け放されたままの腰高障子に、消え入りそうな訪いの声を入れたのだ。

千拾郎は閉め切った腰高障子を背に、

「矢吾市が…○…×…△…」

仲間内で盗賊の名を出して語ることはないが、いまは極度に低い声のせいか、千拾郎は矢吾市の名を口にした。だが、低すぎてあとは聞き取れなかった。

「どうしたい。あの若え野郎が、なにかやらかしたかい」

「そう、やらかした」

低い声だが聞き取れた。

「ほう、やつがのう。ともかくおめえ、疲れているみてえだ。ま、そこへ腰を下ろしねえ。いや、上がんねえ」

すり切れ畳の縁の方を示しかけた手をとめ、上がれといった仕草に変えた。まえもそうして、じっくりと話したのだ。

「い、いや。きょうはここで」

と、三和土からすり切れ畳の縁に腰を据え、上体を杢之助の方にねじった。普段ならこうしたとき杢之助はひと膝うしろに引き、話しやすい環境をつくるのだが、いまは逆にひと膝まえに出た。引くと音なしの千拾郎の声が、ほんとうに音なしとなって聞こえなくなりそうなのだ。

杢之助は上体を前にかたむけ、低い声で、

「さっき〝矢吾市が〟と聞こえたが、野郎がどうかしたかい。白雲の名のお披露目でもやりやがったかい」

言ってドキリとした。白雲一味の名の継承披露のときほど、杢之助の以前を語るのにふさわしい場はないのだ。

「いいや、それじゃねえ」

と、千拾郎の声は聞き取れた。

その声に杢之助はホッとし、かすかに安堵の息をついて言った。

「だったら、野郎がどうしたというんだ。きょうのおめえ、おかしいぜ」

千拾郎はそらしていた視線を杢之助に据え、

「野郎、やりやがった。やつはもう、俺の配下たあ言えねえ」

吐き捨てるような口調になった。だからといって、声が大きくなったのではない。腰高障子は閉め切っている。閉め切らなくとも、おもてには洩れない低い声だ。

杢之助は解した。

「そうかい。おめえの箍をはずし、あやつらしいお勤めをしたかい」

「ああ」

短く返した千拾郎に、杢之助も短く言った。

「おめえがそこまで落ち込むたあ、やつめ相当許せねえ仕事をしおったようだな。まだうわさにゃながれて来ねえところをみると、昨夜のことかい」

「ああ」

千拾郎はまた短く応え、あらためて杢之助に視線を据えなおし、

「許せねえ所業でやした。元白雲の木戸番さんなら、あっしの気持ちを分かってくださると思い、品川から重い足を引きずって来たんでさあ」

「およその見当はつくが、まず聞かせてもらおうかい。おめえがもし始末をつけてえっていうんなら、助けてやってもいいぜ」

その言葉に千拾郎はあらためて、杢之助の還暦に近い皺を刻み込んだ顔をのぞき込み、

「杢之助さん！」

極度に落とした声だったが、千拾郎は初めて木戸番小屋でというより、この町内で〝木戸番さん〟ではなく、名を呼んだ。

自分を凝視する千拾郎の視線に杢之助は、

「うむ」

うなずき、

「さあ、聞こうかい」

「へえ。あの野郎、なにもかもぶっちゃけまさあ」

千拾郎は返し、低いが明瞭な口調で語り始めた。

三

矢吾市は音なしの千拾郎の仕切っていた一味の束ねを委ねられ、高輪大木戸を府内に入った芝の田町のねぐらで、やがて大盗の頭になろうと画策していた。

「やつめ、器用な野郎ですが、大盗になれるような器じゃありやせん」

千拾郎が言ったのへ杢之助はうなずいた。杢之助もそう見ているのだ。

「立ち上がりに頓挫したのが、品川に盗っ人のたまり場を設け、人を集め結束を固めようとしていたところ火盗改の手入れを受けたことでさあ」

「ふむ」

杢之助は短くうなずいた。品川で盗賊一味が手入れを受けたが素早く逃走し、ひとりも縄目を受けなかったという稀有な捕物があったうわさは、杢之助も木戸番小屋で感心しながら聞いたものだ。聞いたとき、

(お上の失態と、盗賊一味の束ねがよほど機転の利くやつで、それがうまくも悪くも重なったのだろう)

杢之助は思ったものだった。

同時に、

(その束ね、なかなか器用なやつ)

とも感じ入った。

その男が音なしの千拾郎配下の、矢吾市という三十代なかばの男であることを知ったのは、杢之助と千拾郎が木戸番小屋で親しく語らったからだった。

十数年まえ、杢之助が白雲一味の副将格だったころ、千拾郎は一度杢之助の配下に入り、お勤めをしたことがあった。やり方は事前に押込み先を丹念に調べ、押入るのを誰にも覚られず、入れば殺さず、犯さず、根こそぎ奪わずの盗っ人道を見事に貫くものだった。

千拾郎はそうした杢之助に心酔したが、所属する一味が異なっていたため、一度きりのつき合いとなった。

その杢之助と出会ったのだ。かたや町の木戸番人として、こなたはまだ現役の盗賊だった。懐かしいが互いに気まずく、ぎこちない思いを否定できなかった。

そのぎこちなさはいまもつづいている。そこにふたりはもう、矢吾市の名を伏せなかった。ただし、低い声だ。

「品川の手入れでちりぢりになった配下はかなり戻って来やしたが、矢吾市め、さらに新たな配下もなどと、それは焦りにも似ていやした。これまで芝や日本橋に近い街道筋で、いくぶん派手なお勤めをしていたのは、そのためでやした」

「知ってらあ。おめえもそうけしかけたって言っていたからなあ」

「へえ、さようで。それであっしも大目に見て、野郎が俺のときにまさる人数を集め、いよいよ発足というときに、急ぎ働きはさせねえよう存分に言い聞かせるつもりでおりやした。やつが白雲一味を名乗るのは、そのためにゃけえっていいかと思いもしやした」

「見習え……と？」

「さようで」

「甘えぜ」

「へえ。甘うござんした。昨夜の押込み、あっしゃあ聞かされていなかったので」

「荒っぽかったのかい」

「それも、まったくの急ぎ働きで。気の利いた女の手でもありゃあ、まえにもやった手口で、まえもって押込み先の手代か番頭をたらし込むことも考えたのでやしょうが」

「ふむ」

杢之助はうなずきを入れた。矢吾市が車町のお汐を取り込もうとしたのを御破算にしたのは、杢之助なのだ。

千拾郎がそれを知っているかどうか、杢之助は知らない。敢えてここで話題にはしなかった。千拾郎も話をまえに進めた。

「ともかく、新たに加わった手下どもの度胸を確かめたかったのか、やらかしたのでさあ」

「だから、なにを。焦れってえぜ。ともかくこたびの矢吾市の急ぎ働きにゃ、おめえはまったく係り合っていなかった、と。やらかしたのは矢吾市で、きのうの夜のことだった、と。で、どこにどんな具合に押込んだい」

「へえ」

千拾郎はまた短く返し、視線を杢之助からそらせ、空に泳がせた。

盗賊一味を仕切って来た音なしの千拾郎とはいえ、木戸番人の杢之助の前では実にしおらしい。配下の者がそのような千拾郎の姿を見れば、驚いて首をかしげることだろう。その両名の係り合いを知っているのは、いまのところ矢吾市ひとりだけなのだ。

杢之助は言いよどんでいる千拾郎の姿から、口にさえしたくない非道い事態を予測し、

「おめえ、それを話したくて此処へ来たんじゃねえのかい。さあ、言いねえ。儂も白雲の副将格を張っていた男だ。なにを聞かされても驚かねえぜ」

珍しいことを杢之助は口にした。〝儂も白雲の副将格を……〟など、千拾郎の前だから言えることで、おそらく杢之助が泉岳寺門前町に限らず、江戸の町々で木戸番人になってから初めてのことだろう。言ったあと、杢之助は自分自身が言い知れない緊張に包まれたのを覚えた。

千拾郎は視線を杢之助の顔に戻して言った。

「そんな杢之助さんだから、かえって言いにくいんで」

また〝木戸番さん〟ではなく、名を呼んだ。〝木戸番さん〟では、他人行儀を感じるのだろう。

「どういうことでえ。これ以上焦らすと怒るぜ」

陽は東の空にあり、中天にはまだ間のある時分で、木戸番小屋に訪いを入れる

者のいないのがさいわいだった。

「へえ、話しやす」

千拾郎はようやく話しだした。それも視線を空に泳がせたり、杢之助に戻したりしながらだった。けさ早く、配下の若い者がひとり、品川まで急ぎ報せに来たというのだ。

矢吾市が率いたのはまえからの弟分が五人、新たに加わったのが三人だった。大盗に近づくには絶対に少なく、身内とする人数にしては、音なしの千拾郎が仕切っていたころと変わりがない。

押入ったのは日本橋の手前の枝道に入り、街道からはいくらか奥まったところに暖簾を張る乾物問屋だった。店で小売りはせず卸しが中心だから、奥まったところでもじゅうぶんやっていけるのだ。それに乾物の行商人を十数人も抱え、繁盛していた。屋号はいかにも魚類を扱いそうな大浜屋といった。

急ぎ働きといっても、行き当たりばったりで押入ったのではない。新たな手下で半年ほどまえまで大浜屋の行商人だった男がいた。その者から大浜屋が目立たない店構えながら、相当の蓄えがあることを聞き、押込み先と定めたのだ。家族構成も奉公人の数も家屋の間取りも、その者が知っていた。

「ふむ。目立たず奥にゃ小判がうなっている、か。食指の動く商家だなあ」

李之助が昔の感覚に戻って言ったのへ、

「そのようで」

現役の千拾郎はつないだ。

矢吾市が目をつけたのもうなずけようか。しかし李之助にしろ千拾郎にしろ、かりに大浜屋へ目をつけたなら、すくなくとも一年か、それとも数年の準備を経てから押込むだろう。

李之助はその感覚で言った。

「おかしいぜ。新たに矢吾市の手下になった輩なら、まだ数日しか経ていねえんじゃねえのかい。それなのに、もう押込んだ？　急ぎ働きが過ぎるぜ」

「そのとおりでさ。大浜屋にすりゃあ、まったくの不運としか言いようがありやせんや」

「ふむむ。で、どんな具合だったい」

「端から押入るなり家族も奉公人も縛り上げ、刃物を突きつけて金の在り処を吐かせる算段で……」

「ど素人の畜生働きだな。まかり間違やあ、えれえコトに……」

「なりやした」

「ん？　どのように」

「女中がひとり、悲鳴を上げようとして刺され、あとはあるじ夫婦も手代など奉公人たちも、年端（としは）も行かぬ娘ふたりも手足を縛られたまま、つぎつぎに……」

「ううぅっ」

「とくに娘ふたりは十歳前後で、泣き叫んで早いうちに……」

「言うなっ、それ以上っ」

阿鼻叫喚（あびきょうかん）の惨状が目に浮かぶ。

杢之助は高鳴った心ノ臓が収まるのを待ち、訊いた。

「生き残ったのは？」

「嫁に行った娘ひとりと、通いの番頭がひとり」

「お店（たな）にいた者で」

「でやすから、さっきのふたり以外は……」

――皆殺し
出かかった言葉を、杢之助は呑み込んだ。口にするのが恐ろしかったのだ。

この残虐（ざんぎゃく）行為を、矢吾市は束ねたことになる。

「そうか」

李之助は、低く吐いた。

矢吾市をこの世から葬る……、すでに李之助の胸中では決定事項だった。だが、世のため人のためなどと御託をならべようと、所詮はおのれの身の保全のため。そのうしろめたさが李之助にはあった。

ところが、

「ともかく昨夜、日本橋の近くでそんな押込みがあったことを、李之助さんの耳に入れておこうと思いやして。話をしていくらかすっきりしやした」

と、音なしの千拾郎が話し終えたとき、李之助の胸中から矢吾市に配慮する思いは、かけらすら残っていなかった。

胸中につぶやいた。

(千拾郎どん。すっきりしたのは儂のほうだぜ)

閉め切った腰高障子に人影が立った。

李之助も千拾郎も瞬時緊張した。

声だけが入って来た。

「ちょいと木戸番さん、閉め切ってしまって。開けておくれよ。あたしゃ両手がふさがってんだから」

　声で誰だか分かる。

　杢之助はなごやかな表情になり、

「開けてやんねえ」

　千拾郎に腰高障子を顔で示した。

「へえ」

　千拾郎はすり切れ畳から腰を上げ、腰高障子を開けた。

　味噌汁の香がただよってきた。いつぞや味噌汁をつくり過ぎたからと、鍋ごと持って来た門前町のおかみさんだった。あのときはちょうどそこへ車町のおかみさんふたりがとおりかかり、味噌汁が話題になり、そこから車町のお汐に言い寄る男がいると話が発展したのだった。

　こたびもおかみさんは、

「きょうもまた味噌汁、つくりすぎてねえ」

　と、鍋を両手で抱えていた。なるほど手がふさがっている。

　おかみさんは三和土に入り、

「あら、お客さんだったんだね。おやおや、いつか見た顔だ。思い出せないけど」

「きょうは所用で手ぶらで来なすったが、荒物の行商さんでなあ。それで見知ってんだろう」

杢之助が言い、千拾郎も、

「へえ、さようで」

話を合わせた。嘘ではない。品川でおもて稼業は荒物の行商なのだ。だからかくも切羽詰まったときでも、さらりと自然なかたちで杢之助も千拾郎も話すことができたのだ。

町内のおかみさん一人といえど、これは大事なことだった。ここでぎこちない対応をし、変と思われたら大変だ。

『木戸番小屋にさあ、みょうな人が来ていてねえ』

と、町内のおかみさん連中の評判になる。これから殺しを進めようというとき、きわめて危険である。

「それはそれは、ごゆっくり。きょうの味噌汁、具だくさんだから、おまんまさえありゃあ、おかずなしでじゅうぶんさね、昼も夕も。鍋はあした取りに来るから」

おかみさんは言うと、鍋をすり切れ畳の隅に置き、

「それじゃまたね」

敷居を外にまたいだ。

「ああ、障子戸はそのまんま。開けたままにしておいてくんねえ」

杢之助は声をかけた。

「はいな」

おかみさんは返し、外に出るとすぐ見えなくなった。

すり切れ畳の隅に置いた鍋に、もう冷めてはいるが香はある。

そこに腰を据えたまま、おかみさんが見えなくなった外に視線をながし、

「さすがでございますねえ。まったく町に溶け込んでおいでだ」

千拾郎が言ったのへ、

「あたりめえじゃねえか。町場の年寄りが町にすがって生きている。どこにでもある光景さ。さすがでも珍しくもねえ」

「ごもっともで」

杢之助は返し、千拾郎はうなずくように応じた。

（そのように生きてえのよ）

杢之助は願っているのだ。

四

千拾郎が腰を浮かし、開け放された腰高障子を半分閉め、

「すまねえ」

言いながらすり切れ畳に戻った。町の住人に顔をさらし、口まできいたことを詫びたのだ。

杢之助は返した。

「あれでいい。うまく応じてくれたぜ」

きょう千拾郎が来たのは、午(ひる)にはまだ間のある時分だった。

味噌汁は午と夜用で冷めてはいるが、さすがはおかみさんの調理で、香はただよっている。こたびもこの味噌汁が、張りつめていた番小屋の雰囲気を変える役目を果たしたようだ。

といっても、緊迫の話題を転換したのではない。座を落ち着かせた。話の中心が味噌汁を転機に、事件発生の内容からその後の処理に移ったのだ。杢之助にも千拾郎にも、そのほうが重要だ。落ち着いた雰囲気のなかに話すことができた。

杢之助は言う。

「いまやつら、どうしてる。そこまで非道え仕事をしたんだ。日本橋界隈はいまごろええれえ騒ぎになっており、午過ぎか夕刻にゃ街道を経てこっちにも伝わって来ようか……」

そういえば、さきほど味噌汁のおかみさんはまったく触れなかった。かけらでも聞いたなら、

『木戸番さん木戸番さん！　聞いた聞いた!?　ね、ね』

と、木戸番小屋に駈け込み、住人が集まって来るだろう。事態はなにしろ一家皆殺しで、泉岳寺門前町から遠いが街道ひと筋なのだ。

杢之助はつづけた。

「矢吾市どもさ、どこにも遁走せず、芝の街道筋に潜んでやがるのかい」

「ああ、この隠れ方だけは、みな倣ってくれてまさあ」

「そうか。動いておらんか」

盗賊の多くは、常にねぐらを変えておのれの居場所をあいまいにし、時には江戸を遠く離れたりもする。

ところが千拾郎は意識して一カ所に住みつき、その町の住人をよそおう隠れ方を

選んでいた。役人や岡っ引が身近に徘徊する。それらとも町の住人として日常に付き合う。きわめて度胸のいる隠れ方だ。それをしてきたから千拾郎はいままでお縄はむろん周囲に疑われることなくやって来られたのだ。もっとも千拾郎のお勤めそのものが用意周到で、目立つことがなかったからできた芸当だった。いまなお品川に住みついているのも、その一環である。

杢之助は現役時代から、千拾郎のそうした慎重さと度胸には感心していた。足を洗い、隠居してから、それを倣っていることになる。

動きの派手な矢吾市が、それを真似ようとしている。

「危ねえなあ。大丈夫か」

「こたびは無理でやしょう。知らぬ顔をできるのも、せいぜい二日か三日」

「そうか」

杢之助は淡々とした口調で言った。

千拾郎はそのような杢之助に問いを入れた。

「なにか、しなさるか」

「せにゃならんじゃろ。儂が矢吾市をどうしようとしているか、気づいていねえとは言わせねえぜ。おめえのためでもありゃあ、儂自身のためでもあらあ」

「…………」

千拾郎は無言となった。矢吾市がお縄になれば、おのれの身も危うくなることを千拾郎は心得ている。だからといって、おのれの配下で、しかもあとを託そうとまでした者を、みずからの手で始末するなど、

(忍びなかろう)

杢之助は心得ている。

無言のなかに千拾郎が、

(仕方ござんせん。あっしに他人を見る目がなかったばっかりに)

言っているのを杢之助は感じ取り、そこにうなずきを入れた。

千拾郎はそのうなずきを感じ取り、言った。

「矢吾市め、杢之助さんに信を置いておりやす。あっしからも、あそこの木戸のお人は、逃げ道にも精通していなさる、と言っておきやしょう」

「そうしてくれ」

杢之助は返し、ここにようやく矢吾市抹殺の具体的な方途が語られた。

あくまで杢之助が主役だ。千拾郎の合力はあっても、矢吾市に直接手を下す場面はないように配慮した。

決行の日は、

「今宵は無理。あしたなら……」

千拾郎が決め、李之助はうなずいた。

あしたならまだ、矢吾市が奉行所の役人に目を付けられ慌てるのではなく、おのれの判断で動く余裕があるはずだ。

もし、役人が芝の田町に目を付けたなら、矢吾市はそれを察知し匆々に逃げ出すだろう。そうなればそれこそ行方が分からなくなり、新たな土地でまた悪事を重ねることになりかねない。世のため人のためを思えば、そのようなことをさせてはならない。あしたに日を決めたというより、李之助が思いを遂げるには、〝あした〟しかなかったのだ。

千拾郎がきわめて自然なかたちで、李之助への合力を語り合い、府内に向かったのは、ちょうど陽が中天にさしかかった時分だった。

そのうえでこれから矢吾市に会おうというのだから、千拾郎も李之助に負けず劣らず、なかなかしたたかなようだ。

高輪大木戸に向かう千拾郎を、李之助はすり切れ畳の上から見送り、外に出てふたり肩をならべているところを住人に見せることはなかった。

その日は千拾郎が見立てたとおり、町奉行所の同心や岡っ引が日本橋界隈から芝一帯の街道筋に出まわっていたが、まだ矢吾市を焦（あせ）らせるには至っていなかった。

だが、役人や岡っ引が街道筋を洗い始めたのには、

「気になりやすぜ」

矢吾市は品川から来た千拾郎に言っていた。

千拾郎は真剣な表情で矢吾市に語った。

「門前町の木戸番さんなあ、昔こういうときにゃどうしていたか、身に覚えがあるかも知れねえ。なにしろおめえとは違（ちご）うて、本物の白雲で副将格を張っていたお人だからなあ」

「ああ、あの木戸番さんなら、あっしが新たに名乗る白雲一味の相談人になってもろうてまさあ」

と、矢吾市もこのとき、六十年に近い皺（しわ）を刻（きざ）んだ杢之助の表情を、真剣な思いで念頭に浮かべていた。

五

品川から来た千拾郎が杢之助の木戸番小屋を出て、府内への高輪大木戸に向かったあと、杢之助はますます落ち着きを失った。

千拾郎は配下の矢吾市を訪ねて行ったのだ。ふたりの会話に木戸番人杢之助の名は出る。白雲一味も話題になるのは必定(ひつじょう)だ。

(それが街道に洩れ、こっちにまで伝わって来る)

もう幾度おなじことを思い、街道に視線を投げ往来人を目で追ったろうか。

まさに府内の芝の田町で、千拾郎と矢吾市のあいだで〝杢之助〟と〝白雲一味〟が話題になっているとき、杢之助は下駄をつっかけ街道に出て往来の幾人かに、

「やあ」

と、声をかけ、

『木戸番さん！　あんた!!』

と、驚きの声が返って来ないかと試してみた。顔見知りにさりげなくかけるのだが、そのたびに心ノ臓の高鳴りを覚えた。

ながれて来ていない。矢吾市はまだ田町で千拾郎以外と、それを話していない。

だが、きょうこのあとは、あしたは……、分からない。


長く感じたその日の午後は過ぎ、眠れない夜が来て翌日の朝になった。

その日は、前日以上に長い一日だった。

陽が西の空に大きくかたむき、まだ明るいが間もなく日の入りとともに暗さが急速に一帯を包む夕刻になった。

音なしの千拾郎はきのう、矢吾市が番小屋に顔を見せるのは〝あしたなら〟と予測してみせたが、その〝あした〟が終わろうとしている。

（来よ。許せねえのよ）

番小屋の中で胸中に念じ、向かいの日向亭からもらってきた火を、油皿の灯芯に移した。外よりも早く暗くなりかけていた屋内が、いくらか明るくなった。

「うっ」

さきほど閉めたばかりの腰高障子の外に、人の気配を感じた。

障子戸が動いた。気のせいではなかった。

開けられたそこに立っていたのは、

「おう」

言い知れない緊張を覚えた。これから世のため人のため、秘かな殺しが始まるのだ。

「おじゃましやすぜ」

敷居をまたぎ三和土に立ったのは、着ながした浴衣着に半纏を無造作に羽織った遊び人姿の矢吾市だ。

杢之助はホッとした。若い手下をひとりかふたり、連れて来ることも予測できたのだ。もしそうだったら、初めて会う若者の命まで葬らねばならない。心苦しいが、それも算段していた。だが矢吾市の背後には誰もいない。ひとりで来たのだ。

「おおう、入れ。おう、もう入ってるか。よしよし」

日の入りまえで、あたりはすでにうす暗い。こうした時分に木戸番小屋を訪れる者はなく、街道も人はまばらで急いでおり、そこに町の住人はいない。つまり矢吾市は誰に見られることなく木戸番小屋を訪い、すり切れ畳に腰を据え杢之助と話し込んでも、腰高障子を開ける者はいない。

まだ白雲一味を名乗っていないが、すでに一味の相談人になっている杢之助を矢吾市が訪ねる目的を考えれば、この時分になるのはきわめて自然だ。しかも音なし

の千拾郎が、

「——木戸番さんが町の住人に覚(さと)られず、しばし番小屋を留守にできるのは、外が暗(くろ)うなってからだ」

と、矢吾市に話している。

この日この時分に、矢吾市が木戸番小屋を訪れるのは、ほぼ間違いないところとなり、千拾郎はそれを踏まえての用意をし、杢之助もこのあとの段取りを胸に、待ち構えていたのだ。

困ったことといえば、矢吾市が杢之助に信を置き、愛想もよく頼り切っていることと、矢吾市をこの世から消すことがおのれのためでもあることだ。だが矢吾市が畜生道の急ぎ働きをしたことから、いま杢之助の胸中にある矢吾市は〝世のため人のため消さねばならぬ〟相手でしかなくなっている。

それをおのれの胸中にも五体にも徹底するため、まだ陽が西の空に高い時分、門前通りの坂を上り、泉岳寺の本堂の前で手を合わせ、

——四十七士の方々へ。世のため人のため、わが思いを遂(と)げさせて下さらんことをお願い申し上げまする
念じ、柏手(かしわで)を打った。

本堂に上がらなかったのは、願をかけたのが人ひとりの秘かな殺しの成就だからだった。堂々と打ち込んだ四十七士へのうしろめたさがあった。それにしても、杢之助が殺しで四十七士に願かけをするのは、これが初めてだ。

お参りは、やりにくい相手を泉岳寺に願かけまでし、心おきなく始末できるよう自分を鼓舞するためでもあった。

いまも、木戸番小屋のすり切れ畳に腰を下ろした矢吾市が愛想よく、

「千拾郎の父つぁんも、木戸番さんを心底から信頼しておりやしてね」

と、杢之助に笑顔をつくった。

杢之助は矢吾市から視線をはずし、脳裡に矢吾市らが演じた畜生道の現場を思い浮かべた。目の前の矢吾市に対し、怒りが込み上げてくる。

(これで殺れる)

だが、木戸番小屋が疑われてはならない。死体が門前町に転がっていてはならないのだ。もちろん決行も木戸番小屋から離れねばならない。

杢之助はすり切れ畳に座したまま言った。

「おめえがきょうこの時分にここへ来た目的は分かってらあ。ともかく日本橋の商家での仕事はまずかったなあ」

淡々とした口調だった。

「へえ、あっしもそう思いやす。成り行き上、ああなっちまいやして」

「そうか」

杢之助はこの場でいま飛びかかりたい衝動を堪え、

「あそこまでやったんじゃ、町奉行所も火盗改も役人どもがいきり立たあ」

「そのようで。ちょいと反省しておりやす」

「ちょいとか。もう遅いぜ」

さらりと言った言葉は、杢之助の本心だった。

やりとりはつづいた。

「ともかくだ、奉行所が街道筋をしらみつぶしに調べだしたってえことは、おめえはむろん、おめえの幾人かの手下どもも、いままでみてえに千拾郎どんに倣い、田町のねぐらに住みつづけるのは、無理になったということだ」

「へえ。でやすから、きょう、この時分に番小屋へ……」

「来たってことだな」

言いながら杢之助は、すり切れ畳に腰かけている矢吾市の全身に目をやった。

「な、なにか」

矢吾市は杢之助の所作に返し、杢之助は応じた。

「道中の振分荷物（ふりわけにもつ）もなきゃ道中差しも帯びちゃいねえ。ここへ来るのをまったく近所へちょいと行くように出てきた」

「さようで」

「ということは、家のかたづけなど一切していねえ。とくに引っ越しや夜逃げを思わせるようなことは」

「しておりやせん。いまそんなことすりゃあ、たちまちうわさになって役人を呼び込むことになりまさあ。普段のようすでふわりとあっしがいなくなっても、数日は近所の者なんざ気にせず、町役がようすを見に来ることもござんせんでしょう。そのあいだにいずれ遠くへ、と思いやして」

「気に入った。そのとおりだ。それがねぐらから遁走（とんずら）するときのイロハだ。さすがは千拾郎どんの配下にいただけのことはある」

「へえ、まあ。で、このさきは……」

「分かってらあ。任せておけ。ここからさらに、誰にも分からねえようにしてやらあ」

「さすが木戸番さん、いえ、相談人の杢之助さんで」

「ふむ」

杢之助はうなずいた。矢吾市が端(はな)から遁走(とんずら)の算段で来たのは、すでにそう仕向ける必要もなく、さっそくの大きな成果といえた。

(これも午間(ひるま)、泉岳寺にお参りしたご利益(りやく)が)

真剣にそう思ったほどだ。

さらに杢之助はつづけた。さきほどから気になっていたことだ。

「おめえが遁走で番小屋(ここ)へ来たのは上々だが、配下が幾人かいたろう。そやつらはどうした。見捨てたわけじゃあるめえ」

「滅相(めっそう)もござんせん。せっかく集めた配下でさあ。まとまって動いたんじゃ目立つうえに、役人に誰と誰が仲間だったかも知られてしまいまさあ。一人ずつ、あっしとおなじように消えることになってやしてね。すでにいずれかへ身を隠した者もおりやす。あっしもこれより居場所が分からなくなりやすので、当面のつなぎの場は品川の千拾郎の旦那のところにしておきやした」

「ほう。また千拾郎どんが束ねに戻るかい」

思いがけない展開だ。

その千拾郎はいま品川のねぐらで、

（矢吾市め、いまごろ泉岳寺門前町の木戸番小屋に、訪いを入れていようか）

予測していることだろう。

矢吾市は言う。

「まあ、しばらくはまた差配役に戻ってもらいやすが、ほとぼりが冷めるまでで、そう長くはありやせん」

矢吾市は器用なだけでなく、組織の頭としても、思った以上にやり手のようだ。

（こやつ、放っておけば、そこそこに一味をまとめ上げるかも知れねえ）

思えてきた。

さらに、

（急ぎ働きの一味にまとまってもらったんじゃ、江戸の町ゃ物騒でならねえ）

一味はすでに畜生道の急ぎ働きをしているのだ。

（しかもその一味、白雲の名を名乗ろうとしてやがる。そんなこと、されてたまるかい）

あらためて思うと同時に、

（今宵、その企てごと、この世から消えてもらうぜ）

いよいよ決意を固めた杢之助に、矢吾市は言う。

「李之助さん、まえにも感じたのでやすが、話をしている最中になにか別のことも考えておいでのようになりなさる。同時にふたつのこと？　それが李之助さんの癖でござんすかい。いってえ、なにを考えておいでで？」

言われて李之助はハッとした。さきほどから脳裡に描いているのは、いま問いを入れたこの男の抹殺なのだ。

「い、いや。なんでもねえ、なんでも。そう、癖だ。儂のな。歳をとるとこれまでの人生のいろんなことが頭に渦巻きやがってなあ」

言いながら李之助はうまい言い逃れを思いついた。

「いまもな、おめえが持って来たのが遁走の話だったから、かつて匆々に遁走こいた場面のかずかずが浮かんできやがってなあ」

「それはさすが、元白雲一味の副将格だったお人だ。そうした話のかずかず、これからさき、じっくり聞かせてもらいやすぜ。なんだかいま遁走しようというのに、このさきが楽しゅうなってきやしたぜ」

「おめえ、まったく器用な男だのう」

「へえ、なにがで」

「なにがじゃねえ。おめえ、儂をまったくおめえの算段の上に乗せちまいやがってる。そこがほんに器用と言ってんだ」

「申しわけございやせん。へえ」

今宵の予定を決行するまえに、杢之助はいましばし矢吾市と話したいことがあった。殺しの画策がこれまでのところ、うまくいっていることへの問いだった。

「もうひとつ、ちょいと訊きてえことがある」

「へえ、なんでやしょう」

矢吾市はあらためて杢之助に視線を据えた。

「おめえ、手下どもにゃ一人ひとりずらかるよう言いながら、てめえ自身のことになると、なんで番小屋を頼りやがる。おめえならいくらでもひとりで遁走する技量はあるはずだぜ」

「あはは、杢之助さん、人が悪うござんすねえ」

「なにがだ」

「なにがって、いかにうまくやってのけるか。大事なことじゃござんせんか。それをこの木戸番小屋にお任せする。杢之助さんに慥とこれから、白雲一味の相談人になってもらうための証じゃござんせんか。頼りにしてやすぜ」

「んんっ」

李之助は矢吾市に一本取られた思いになった。

音なしの千拾郎が、一味の束ねを矢吾市に委ねたのが分かる気になった。

委ねた当初、車町のお汐を盗賊仲間に連れ戻そうとした動きなど、根気と時間をかけたものだった。千拾郎も見ていて、〝この分なら〟と思ったことだろう。李之助にとっては、その慎重さの裏を突き、世間には盗賊の話などなかったことにすることができたのだ。

だが、肝心の盗みになれば〝音なし〟の構えを捨て、派手で目立つ急ぎ働きをし始めた。

（こりゃあいかん）

千拾郎は思い、相談のため李之助のいる木戸番小屋に出入りしはじめたのだ。

皮肉なことに矢吾市までが、李之助を相談人へと持ち上げた。李之助は苦笑しながら受け入れ、直に接してみると予想以上にやり手だった。

（こやつを抹消する。おのれのためじゃねえ。世のため人のためだぜ）

さらに思いを強くした。

夕刻の木戸番小屋で、頼りにしてますぜなどと言う矢吾市に、

「おめえを見ていると、昔を思い出してなあ。すでに千拾郎どんとも話して、一応

の算段はしているのよ」

　嘘ではない。

「ほっ、そうですかい。ありがてえ。やっぱり木戸番さん、いや杢之助さん、千拾郎の旦那も言ってたとおりのお人だ」

「千拾郎が？　なんて」

「へえ」

　矢吾市は閉めた腰高障子のほうへ視線をながし、さらに声を低めた。

「広い範囲に散らばり、数もそろうていた一家をうまくまとめなさり、解散も知らぬ間におこない、ひとりの縄付きも出さず、奉行所や火盗改の役人どもをずいぶん悔しがらせた……と」

　杢之助も腰高障子へチラと目をやり、声を低めた。

「その話、相手が誰であれ、二度とするな」

「へ、へえ」

　矢吾市は恐縮したように頭をぴょこりと下げ、

「で、きょうの段取は」

　油皿の灯りを頼りに杢之助の表情をのぞき込む仕草をとった。

李之助は低く言った。

「ちょいと障子戸を開けてみねえ。ちょいとだ」

「へえ」

矢吾市はすり切れ畳から腰を浮かせ、腰高障子をほんのすこし開け、

「ふむ」

うなずいた。

障子戸を開けた理由は分かっている。外が暗くなっているのを確かめるためで、それへのうなずきだった。

李之助も言った。

「外の準備はもうととのったようだのう。月明かりも薄く、遠慮してくれておるわい」

「そのようで」

矢吾市は返した。

盗賊にとって月明かりは薄いほうがいい。矢吾市はその感覚で応じたのだが、李之助はさらに一歩進んだ発想で言ったのだ。今宵奪うのは小判ではなく、人ひとりの命である。それも細工を必要としている。満月の皓々とした明るさの下ではかえ

ってやりにくい。李之助にとっては闇夜でも差し支えないが、相手の警戒感をやわらげるには、いくらかの明かりがあるほうがいい。薄明かりの今宵が、一番いいようだ。

六

「さあ、行くか」

李之助はすり切れ畳から腰を浮かした。

「へえ。で、どこへ？」

と、矢吾市も腰を上げる。もちろんすべてを李之助に委ねており、訊く必要はないが、やはり気になり、知っておきたい。

李之助は応えた。

「このあたりの街道は浜からいくらか離れておるが、舟寄せ場があちこちにあってそう遠くはねえ。それに、日暮れてからの浜にゃ人はおらんでのう」

「ほう、海でやすかい。さすが。あっしにゃ思いもつきやせんでした」

提灯をふところに拍子木の紐を首にかけ、下駄をつっかけ三和土に立った李之助に、矢吾市は安堵の表情になった。これから遁走というのに夜まわりの準備はしても刃物を持ったりしない。そこに矢吾市は安堵を覚えたのだ。自分自身はふところに、鋭利な匕首（あいくち）を隠し持っている。

油皿の火を吹き消し、おもてに出た。

事態はまだ切羽詰まっていない。だが、あしたあさってには切羽詰まるだろう。急ぎ働きを、しかも残虐にやったせいだが、余裕を持って早めに遁走の途（と）につく。矢吾市にすれば、相談人の杢之助がいかような筋道を用意してくれるか、お手並み拝見といったところだ。

その第一歩から矢吾市は感心している。実際、海から遁走など、想像もしていなかったのだ。

街道に出ると、

「こっちだ」

と、浜辺に向かう枝道に入った。

街道には淡く感じる月明かりでも、両脇に建物の黒い影が迫る枝道や路地ではかなり暗い。提灯は折りたたんだまま、杢之助のふところにある。矢吾市も一端（いっぱし）の盗っ人なら夜道には慣れているが、

「提灯、ふところに入ったままでやすが」

番小屋を出たときから不思議に思い、用心深く歩を踏みながらつい訊いた。

杢之助は返す。

「これかい。人に会ったときの用意よ。夜道を歩いていてもこれさえありゃあ、誰からも疑われねえ。つい火を消してしまいやして、つけさせてくだせえと火をもらい、拍子木も打ちゃあ〝ご苦労さん〟と言ってくれらあ。それになあ……」

杢之助はつづけた。

「提灯なんざ、てめえの所在を他人に教えるようなもんで、いまの儂らにゃそんなの、けえって困るじゃろ。おめえらしくもねえことを訊きやがるぜ」

「そうじゃねえんで。遁走になんで夜まわりの用意などしなさるのか、それが気になりやして、へえ。これで納得しやした」

ふたりは用心深く、ゆっくりと歩を踏み、すれ違っても分からないほど低い声で話している。

「もうひとつ、向後のため訊いておきてえんでやすが……」

「おう」

「浜から舟を漕ぎ出すと思うんでやすが……」

「そうだ、品川宿のほうにな。町並みの向こうまでだ。宿場町もあちこちの木戸を閉めやがるからなあ。舟にゃ木戸は関係ねえ」

「ごもっともで。したが、あしたの朝、その舟から足がつきやせんかい」

　盗賊らしい、用心深い問いだ。

「こいつぁ、まだ言ってなかったなあ。舟は借りっぱなしじゃねえ。おめえを品川沖を越えた浜で降ろすと、儂はひとりでこっちへ帰ってきて、舟はちゃんと元どおり返しとかあ。町の夜まわりは、ちょいと疲れて寝込んでやしてと言やあ、町の人ら納得してくださらあ」

　さっきから聞こえていた波の音が、ことさら大きくなった。浜は近い。

　李之助は言う。

「品川の先からはおめえ次第だが、夜中に混乱しねえよう、どの舟を借りるか明るいうちから目串は刺してあらあ。木戸番小屋が舟での遁走に合力したなんて痕跡は残さねえ。品川宿の向こうまでおめえがずらかったなんざ誰も想像しねえ。その先は心おきのう算段しねえ」

「なにからなにまでありがてえ。さすがは白雲を束ねてらしたお人……」

「おっと、それはもう言わねえ約束だぜ」

「へえ。つい、さすがと思うたもんで」

「ま、いいだろう。それに先を算段するとき、品川に引き返して千拾郎どんに会おうなんざ考えるんじゃねえぞ。千拾郎どんはなあ、火盗改に目を付けられているかも知れねえ。そんなところへ江戸者のおめえがのこのこ面を出してみねえ。ロクなことにならねえ。つなぎをとるのは、おめえも言っていたように、ある程度ほとぼりが冷めてからにしねえ。そのためもあって、おめえを舟で品川宿の向こうまで送るんだからなあ」

ふたりの足はすでに浜の砂地を踏んでいた。浜の淡い月明かりで、舟寄せ場がすぐ近くにあるのが、矢吾市の目にも見分けられた。

「そこまで考えてくださってたなんざ、さすが……おっと、このさきは」

矢吾市は口をつぐみ、

「そういうことだ」

杢之助は応えた。

あと数歩も進めば、二人の足は波の中になる。すぐ目の前に手漕ぎの舟が一艘、舫われているのが見分けられる。

「ほっ、これですかい。目串を刺していた舟ってのは」

「そうだ」

応えたとき、杢之助の胸中はふたたび乱れた。

(なにも言わず、不意に)

(いや、理由の一端も話してから)

いま目の前に舫われている舟は、千拾郎が用意したものなのだ。

矢吾市は杢之助への信頼を、さらに深めたようだ。ありがたくもあり、辛くもある。

舟を手で示し、矢吾市はふたたび杢之助に視線を向けた。

「足がさらに濡れやすが、もうちょい沖に押しやすか」

ふたりの足はすでに波を受けている。

月の淡い明るさでは、顔の輪郭は分かっても表情までは読み取れない。それが杢之助にはさいわいだった。

あらためて矢吾市の急ぎ働きの場面を脳裡に描いた。

畜生道だ！

「あっしが押しやす。杢之助さん、乗ってくだせえ」

矢吾市が言い、足元に波音を立てた刹那だった。

「矢吾！　許せねえぜっ」

杢之助は声を絞り出し、くるぶしまで波を受けている左足を軸に、右足が水しぶきを上げて宙に舞った。風を切る勢いがあった。

「な、なにっ」

矢吾市の思わず発した言葉が、杢之助にはそう聞こえた。

（なぜっ⁉）

だったかも知れない。

ほぼ同時だった。杢之助の空(くう)を切った右足の甲が、矢吾市の首筋に命中した。

「うぐっ」

うめき声に、

――グキッ
鈍(にぶ)い音が重なり、杢之助の右足の甲が矢吾市の首の骨を砕(くだ)いたのを感じ取った。

即死である。

杢之助の右足はふたたび浅瀬の砂地に戻り、水音を立てた。

「ふーっ」

大きく息をついた。ひと仕事を終えたあとの息だ。

矢吾市の身はその場に崩れ落ち、浅瀬に水音を立てた。

（終わった。急がにゃ）

杢之助の動きはつぎの段階に入った。

死人となった矢吾市の身を舟に乗せ、さっき当人が言ったように沖合に押した。乗っているのは杢之助ではなく矢吾市だ。脛まで水に浸かった。

舟が水に揺れ、杢之助は飛び乗るというより這い上がり、櫓を手にした。死体を泉岳寺門前町の沖合から遠ざけるには、矢吾市にも言ったように品川沖に向かうのが好ましい。だが、いかに杢之助といえど、舟の漕ぎ方は見様見真似で、慣れてもいない。漁師のような速さが出ない。

しかも、今宵一回目の火の用心に間に合わないことは、やるまえから分かっている。だからこそ、二回目の夜まわりには間に合わなければならない。

夜まわりに木戸番人の声が聞こえない。矢吾市に話したように、〝ちょいと疲れて寝込んでやして〟じゃまずい。いつも達者な杢之助が夜まわりを休むなど、住人は奇異に思うだろう。町役の日向亭翔右衛門も、もし体の調子が悪かったのなら、なぜ相談に来なかったとこれまた首をかしげるだろう。これまでも、実際に杢之助が夜まわりに出られないとき、日向亭の手代か番頭が代わりに出ていたのだ。

杢之助は土地（ところ）の漁師から、この季節は沖合のどの程度まで出れば、潮の流れで浜に戻るのが困難になるかは聞いて知っている。冬場に入ったこの季節、潮は沖合を品川沖に流れていることも聞いている。

舟の舳先（へさき）は品川方面ではなく、泉岳寺の沖合に向かった。潮の流れに骸（むくろ）を乗せれば、自分で品川沖へ向かい、泉岳寺門前町から離れてくれる。

杢之助にとって、櫓を漕ぐなど陸（おか）を走るよりきつい。息切れもする。

ともかく沖合だ。

（このあたりか）

潮の流れの変化を、舳先にも櫓にも感じる。

しばし櫓をとめ、水面（みなも）に水音を立てた。

（あの世じゃ矢吾市、成仏せいよ）

念じ、両手を合わせた。

舟には杢之助ひとりとなり、浜辺に向かう波にも乗ることができた。

「――舟は元あった砂地に上げておいてくだせえ」

千拾郎は言っていた。

（おめえも器用なやつだぜ）

念じながら、そのとおりにした。

七

間に合った。

木戸番小屋のすり切れ畳の上である。

火打石で油皿の灯芯に火を取った。夕刻なら向かいの日向亭から火種をもらってくるのだが、自分でやる分にはかなり手間ひまがかかる。

ふたたび、

「ふーっ」

息をついた。

ようやく火が点いたのだ。

これほどの大仕事のあとでも、時刻への感覚は失わない。

ひと息入れれば、きょう二度目の夜まわりの時分だ。

ふたたびあらためて提灯に火を取り、下駄をつっかけ、暗いおもてに出た。

疲れている。

「火のーよー」

いつもの口上が、口の中でつぶやくように小さい。

拍子木はいつもどおりに打てた。

一回目の火の用心が聞こえないことに気づいていた住人で、二回目の拍子木の音を聞いた人は、ホッとしたのではないか。

坂道を上り、泉岳寺山門前に立った。

山門に向かい、拍子木を打った。

(おかげさまにて……)

胸中に念じた。午間(ひるま)、願をかけた御礼だ。

疲れ切っている。頭に回転するものはそれ以外にない。

夜の町内を一巡し、坂下の木戸番小屋の前に戻り、いつもどおりさきほどまわってきた門前通りに深く一礼し、今宵最後の拍子木を打った。

――チョーン

いつもより大きく響いたようだ。

番小屋に戻ると、あとはもうパタリと倒れ、蒲団(ふとん)をかぶるだけだった。

ただ、思った。

（やっと終わったぜ、きょう一日がよう）

朝を迎えた。

まだ日の出まえだ。

木戸番小屋の腰高障子が動いた。

木戸の外側の街道から、いつもの声だ。

「おう、木戸番さん。きょうもありがてえぜ」

「木戸番さん、病気などしねえようになあ」

豆腐屋にしじみ売りに、八百屋もおれば納豆売りもいる。

「さあ、きょうも稼いでいきなせえ」

言いながら杢之助は木戸を開ける。

町々の住人が朝めしの準備をする短い時間が勝負の棒手振たちにとって、ひと呼吸でも早く木戸が開く泉岳寺門前町の存在はありがたい。門前町の通りに触売の声をながしたあと、もう一カ所か二カ所の町場をまわれるのだ。

住人にとってもありがたい。江戸府内やその近辺で、泉岳寺門前町の住人が一番早く朝の準備にかかっているのではないか。

そのせいもあろう、

「きょうもつくり過ぎてねえ」

と、町内のおかみさんたちが、午や夕用にと冷めた味噌汁を鍋ごと番小屋に持ってくることがよくある。杢之助にとってはありがたい。

いつもの朝の喧騒が終わると、杢之助はまた番小屋のすり切れ畳にひとりあぐらを組む。

杢之助がやらねばならぬと認識しているのは、きのうの矢吾市の件で終わったわけではなかった。

待ち人である。

音なしの千拾郎だ。

(やっこさん、きょう来るはず。それも早い時分に)

杢之助は思っている。

すでに冬場に入った神無月（十月）の下旬だが、腰高障子を半開きにした。

人影が近づくと、

「おっ」

と、腰を上げた。腰高障子の近くを通っただけの、ただの往来人だったことが三度ほどつづいた。

（来よ。おめえ、来なきゃならねえんだぜ）

胸中に念じたとき、それに応える影があった。陽は東の空にまだ高くない時分だった。

笠をかぶった荒物の行商人は、はたして音なしの千拾郎だった。

「えー、浜のほうから参りやした」

「おおう、そうかい」

敷居をまたぎながら言ったのへ、杢之助はすり切れ畳を手で示した。

――昨夜の舟の処理は終わりやした
言っているのだ。むろんどのように処理したか、いちいち訊かない。ふたりのあいだでは、それで充分だった。千拾郎のことだ。あとで騒ぎになったり足がついたりするようなことはしていないはずだ。

千拾郎は笠をとり肩の荒物を下ろし、三和土からすり切れ畳に腰を据え、杢之助のほうへ上体をねじった。すり切れ畳に上げじっくりと話したかったが、まだ午前であり、番小屋を訪ねて来る者がいたとき、この行商人が杢之助の特別な客だなどと思わせないためだ。

腰高障子も開けたままである。

「おめえもよく決心してくれた。そのおかげで、すべてうまくいったぜ」

と、昨夜の首尾を話した。

千拾郎は言った。

「あっしが矢吾市を器用で気の利く男としか見ていなかったもので、杢之助さんにはすっかりご面倒をおかけしてしまいやした。本来ならあっしが責任を取ってやつを始末しなきゃならねえところを……」

「音なしのじゃねえ、千拾郎どん、それを聞いて安心したぜ。矢吾市なあ、若え手下どもをおめえに返すか、暫時預けるかみてえなことを言ってたぜ」

「ああ、聞いておりまさあ。もうふたりほど、あっしを訪ねて来やした。あと幾人か来やしょう」

「どうする。そこを聞きてえ」

「やつら、このお江戸で見放したなら、ろくなことにゃならねえ。コソ泥の類か徒党を組んでの急ぎ働きをやらかそうよ。すでにやりやがったからなあ」

「だからどうする」

「江戸を離れ、あっしに寄る辺がある駿府に連れて行き、しばらくあっしの目のとどくところに置いておく算段で」

「お勤めは？」

「甘えと思われるかも知れやせんが、しばらく他人さまに非道え迷惑のかからねえようあっしが差配し、徐々に真っ当な道に戻させまさあ」

「おめえが音なし流のお勤めをさせるってことかい」

「さようで」

「ふむ」

千拾郎は否定せず、李之助はうなずいた。

李之助と千拾郎は、矢吾市の配下だった若い連中を江戸の町に放り出せばどうなるか、心得ているのだ。すでに急ぎ働きを経験した者もいるのだ。

李之助は言った。

「若えやつらのなかにゃ、矢吾市みてえにこの稼業が向いていて、おめえに歯向かうやつがいるかもしれねえぜ。どうする」

「その時の処方は、昨夜李之助さんが見せてくれやした」

「ふむ」

李之助はうなずいた。

駿府でそうした若いのを数人、千拾郎が人知れず始末することを杢之助は知っている。それらはいずれも、矢吾市が日本橋の乾物問屋大浜屋への急ぎ働きを差配したとき、躊躇(ちゅうちょ)なく畜生道に走った連中であるはずだ。

千拾郎は、

「杢之助さん！」

と、顔を上げ、杢之助の表情を見つめた。

「なんでえ、驚くじゃねえか」

「あっしゃあ、ここで木戸番人をなすっている杢之助さんを見たときから、もう羨(うらや)ましゅうて仕方がござんせんでした。堅気(かたぎ)になり、町のお人らのお役に立ちなすっておいでだ」

「ふふふ、千拾郎よ」

「へえ」

「もしその言葉に偽(いつわ)りがあって、救いがたい若(わけ)えやつらが幾人かいて、駿府でそやつらの処置を誤り、逆にそやつらに引きずられるようなことがありゃあ、おめえにも矢吾市のあとを追ってもらうぜ」

「その覚悟、できておりやす。だからきょう、ここへ来たんでさあ」

言ったときだった。

開いている腰高障子から、

「あらら、行商のお人？」

と、向かいの茶店のお千佳が顔をのぞかせた。

「なんなら、お茶をお持ちしようかと思って」

木戸番小屋になにやら深刻そうな客があったとき、町役の日向亭翔右衛門がお千佳をようす見に来させるのだ。そうしたとき、お千佳はいつも盆を手に顔をのぞかせる。

「いや、いいんだ。ときどき来る荒物の行商さんでなあ」

杢之助が言い、千拾郎も、

「さようで。つい世間話が長(なご)うなっちまってなあ。いつまでも荒物売らずに油売っておれねえんで、いま帰(けえ)ろうと思ってたところで」

言いながら実際にすり切れ畳から腰を上げた。

お千佳は愛想よく、

「あら、おもしろい行商さん。商(あきな)い物より油売ってたなんて」

と、三和土に入れかけた足を引いた。

お千佳はこのあと日向亭に戻り、あるじの翔右衛門に、

「ただの行商さんで、つい木戸番さんと話が弾んだだけのようでした」

と、報告することだろう。若い茶汲み女が、いま木戸番小屋で天地がひっくり返りそうな話が交わされていたなど、気が付くはずはなかった。

千拾郎が三和土からすり切れ畳に軽く腰を下ろしただけだったのも、功を奏したようだ。

千拾郎はそのまま帰り支度に入り、笠をかぶって来たときの行商人姿に戻り、

「駿府にゃあしたかあさって発ちやす。これでしばらくは……」

「ああ、きょうはおめえさんと話ができてよかったぜ。駿府は飛脚で幾度も通ったが、いいところだ。儂にまた駿府まで走らせねえよう頼むぜ」

「そりゃあもう」

千拾郎は笠のなかから返し、品川方向へ歩を向けた。

杢之助はその背をすり切れ畳の上から見送り、

「うーむ」

安堵したわけではない。

(千拾郎め、これから一年、二年、いや、もっとか。辛い道を歩むことになろうな

あ)

思い、胸中につぶやいた。

(儂もじゃが、因果よなあ)

陽が中天を過ぎたころだった。

「木戸のおじいちゃーん」

小さな男の子が番小屋に飛び込んだ。

五歳になるお汐の子の杉太だ。そのうしろにお汐がついている。

お汐は杢之助が自分の以前に気づいているのではないかと、疑心暗鬼の思いを秘めている。世間話でもなんでもいい、杢之助と話をすることによって、

(それを確かめたい)

府内の田町での騒ぎ以来、ずっと思っていた。

だが、ひとりでは木戸番小屋の敷居は高い。それで杉太を連れて来たのだ。

それが杢之助にはすぐに分かった。杢之助もそうした不安定なお汐の心境が気になっていたのだ。杉太ならこれまで遊び仲間たちと一緒に幾度か番小屋のすり切れ畳に駈け上がり、杢之助の諸国話に興じている。

案の定だった。お汐の着物の袖をつかんでいた杉太は、番小屋の近くまで来ると袖を離して駈け出し、三和土に飛び込んだ。

「これこれ、杉太」

と、お汐はあとを追い、そのまま杉太につづいて敷居をまたぎ、

「あらあら、杉太はもう。すいませんねえ」

狭い三和土に立った。

杢之助は受けた。

「これは車町のお汐さんじゃねえか。ご府内の田町での一件以来、お家のほう、落ち着いているらしいなあ」

「え、ええ、まあ」

お汐は口ごもったが、すぐにつづけて言った。

「あのゴタゴタ、うちの杉作は以前から知っていたなどと言うんですよ」

「そりゃあご亭主はまじめな指物職人だ。あんたを信じて凝っと見守っていたってことだな。いい亭主だ」

「そ、そりゃあ。まあ」

「木戸のおじいちゃん、また家の屋根よりも高く雪が積もる国の話、しておくれ

よ」

「これこれ、杉太。いきなりそんなこと頼んだりして」

お汐は杉太を軽く叱り、

「うちの亭主は職人ひと筋に来た人だけど、あたしはいろいろと……」

「おっと、お汐さん。儂は幾十年もめえからこの番小屋に住んでるわけじゃねえ。そうさなあ、一年にも満たねえ。儂ゃおめえさんの現在以外、なあんも知らねえ。それに、もう歳だで、なにを聞いてもすぐ忘れちまってなあ」

「木戸番さん、あんたっていうお人は……」

お汐は皺を刻んだ杢之助の表情をまじまじと見つめた。

「木戸のおじいちゃーん」

杉太が杢之助の袖をつかんで、また諸国話をねだろうとする。

「おうおう、こんどまた遊び仲間と一緒に来ねえ。雪国でも富士山の向こうっかわの話でも、なんでもしてやらあ」

杉太に言うと視線をお汐に戻し、

「ま、そういうことだ、お汐さん」

「木戸番さんっ」

お汐はあらためて杢之助の表情を見つめた。

品川宿の南、鈴ケ森の浜に、男の土左衛門が上がったとのうわさが、泉岳寺門前町の木戸番小屋までながれて来たのは、その翌日の午ごろだった。漁師が海岸で見つけたのは早朝らしいが、斬り傷も刺し傷もなかったらしい。それで端から〝溺死体〟と伝えられたようだ。その死体に外傷はないが、首の骨が砕かれているのを知っているのは、門前町の木戸番人と品川で引っ越し準備をしている千拾郎だけだ。だがふたりがそれを口にすることはない。

ながれ大工の仙蔵が、相変わらず重い道具箱を肩に門前町の番小屋に顔を見せたのは、その日の夕刻に近い時分だった。

すり切れ畳に腰を据えるなり、

「品川の町場を南へ越えた鈴ケ森の浜に、首の骨が折れた、みょうな死体が上がったうわさ、聞いていやせんかい」

と、そのうわさの件で来たようだ。

火盗改密偵の仙蔵までが〝みょうな死体〟と言う。

（それでいい）

杢之助は内心秘かに思い、

「そりゃあ聞いたが、番小屋なんざ、ながれて来るうわさを拾うだけで、それで何かが分かるわけじゃねえ」

「いえね、お役人衆も鈴ケ森のお人らも、ホトケの身許が分からんでは誰に引き取りを願っていいのか、どこへ知らせていいかも分からんで困っていなさるそうな。鈴ケ森の死体のことを、遠く離れた泉岳寺門前町で訊いても仕方ねえか」

言う仙蔵に杢之助は返した。

「鈴ケ森と此処は街道一筋でつながってらあ。ながれてくるのはうわさだけだが、海なら死体でもなんでもながれるぜ。この近辺で行方知れずになった者や家出人など聞いちゃいねえ。府内で最近消えた野郎はいねえか、そのほうを当たってみりゃあ、案外鈴ケ森の身許も分かるんじゃねえのかい」

示唆らしいことを言う。

「ふむ、江戸府内じゃそんなのは多いが、さしずめ海に近い芝の田町あたりで消えた野郎はいねえか、一帯に問い掛けを入れてみりゃ、案外早うに当たりが出るかも知れねえなあ。さっそくあっしの同業でお上に通じているのがいやすので、そいつに教えてやりやしょうかい」

言うと仙蔵は腰を上げた。〝お上に通じている〟とは、自分のことだ。

それによって火盗改が矢吾市の名を割り出したとしても、泉岳寺門前町と結びつけるものはなにもない。

「いいことを聞きやした」

と、敷居のところでふり返って言う仙蔵の背を、すり切れ畳の上から見送ったとき、杢之助は初めてこたびの一件が終わったのを感じた。もちろん駿府は別だが。

その日の夜まわりは、火の用心の口上はいつもどおりに聞こえた。

二回目の夜まわりから戻ってきて門前通りの坂下に立ち、坂上に向かっていつもどおり腰を折り一礼したとき、胸中に深く願うものを、低く口に出した。

「因果(いんが)な儂でござんすが、これからも永(なご)う、この町に住まわせてくだせえ」

——チョーン
拍子木を打った。

光文社文庫

文庫書下ろし／傑作時代小説
秘めた殺意　新・木戸番影始末(九)
著者　喜安幸夫

2024年7月20日　初版1刷発行

発行者　三宅貴久
印刷　堀内印刷
製本　ナショナル製本

発行所　株式会社 光文社
〒112-8011　東京都文京区音羽1-16-6
電話 (03)5395-8147　編集部
8116　書籍販売部
8125　制作部

© Yukio Kiyasu 2024
落丁本·乱丁本は制作部にご連絡くだされば、お取替えいたします。
ISBN978-4-334-10372-9　Printed in Japan

R ＜日本複製権センター委託出版物＞
本書の無断複写複製（コピー）は著作権法上での例外を除き禁じられています。本書をコピーされる場合は、そのつど事前に、日本複製権センター（☎03-6809-1281、e-mail : jrrc_info@jrrc.or.jp）の許諾を得てください。

組版　萩原印刷

本書の電子化は私的使用に限り、著作権法上認められています。ただし代行業者等の第三者による電子データ化及び電子書籍化は、いかなる場合も認められておりません。

光文社時代小説文庫　好評既刊

迷い鳥　決定版　稲葉 稔
おしどり夫婦　決定版　稲葉 稔
恋わずらい　決定版　稲葉 稔
江戸橋慕情　決定版　稲葉 稔
親子の絆　決定版　稲葉 稔
濡れぎぬ　決定版　稲葉 稔
こおろぎ橋　決定版　稲葉 稔
父の形見　決定版　稲葉 稔
縁むすび　決定版　稲葉 稔
故郷がえり　決定版　稲葉 稔
馬喰八十八伝　井上ひさし
三成の不思議なる条々　岩井三四二
家康の遠き道　岩井三四二
天命　岩井三四二
甘露梅　新装版　宇江佐真理
ひょうたん　新装版　宇江佐真理
夜鳴きめし屋　新装版　宇江佐真理

彼岸花　新装版　宇江佐真理
神君の遺品　上田秀人
錯綜の系譜　上田秀人
女の陥穽　上田秀人
化粧の裏　上田秀人
小袖の陰　上田秀人
鏡の欠片　上田秀人
血の扇　上田秀人
茶会の乱　上田秀人
操の護り　上田秀人
柳眉の角　上田秀人
典雅の闇　上田秀人
情愛の奸　上田秀人
呪詛の文　上田秀人
覚悟の紅　上田秀人
旅発　上田秀人
検断　上田秀人

光文社時代小説文庫　好評既刊

動揺　上田秀人
抗争　上田秀人
急報　上田秀人
総力　上田秀人
破斬　決定版　上田秀人
熾火　決定版　上田秀人
秋霜の撃　決定版　上田秀人
相剋の渦　決定版　上田秀人
地の業火　決定版　上田秀人
暁光の断　決定版　上田秀人
遺恨の譜　決定版　上田秀人
流転の果て　決定版　上田秀人
惣目付臨検仕る　抵抗　上田秀人
術策　上田秀人
開戦　上田秀人
内憂　上田秀人
霹靂　上田秀人

幻影の天守閣　新装版　上田秀人
夢幻の天守閣　上田秀人
鳳雛の夢（上・中・下）　上田秀人
本懐　上田秀人
傾城徳川家康　大塚卓嗣
半七捕物帳（全六巻）　新装版　岡本綺堂
中国怪奇小説集　新装版　岡本綺堂
江戸情話集　新装版　岡本綺堂
狐武者　岡本綺堂
西郷星　岡本綺堂
修禅寺物語　新装増補版　岡本綺堂
若鷹武芸帖　岡本さとる
鎖鎌秘話　岡本さとる
姫の一分　岡本さとる
父の海　岡本さとる
二刀を継ぐ者　岡本さとる
黄昏の決闘　岡本さとる

光文社時代小説文庫　好評既刊

鉄の絆　岡本さとる
相弟子　岡本さとる
五番勝負　岡本さとる
果し合い　岡本さとる
しぐれ茶漬　柏田道夫
宮本武蔵の猿　風野真知雄
服部半蔵の犬　風野真知雄
那須与一の馬　風野真知雄
新選組颯爽録　門井慶喜
新選組の料理人　門井慶喜
人情馬鹿物語　川口松太郎
江戸の美食　菊池仁編
鎌倉殿争乱　菊池仁編
知られざる徳川家康　菊池仁編
戦国十二刻　終わりのとき　木下昌輝
戦国十二刻　始まりのとき　木下昌輝
両国の神隠し　喜安幸夫

贖罪の女　喜安幸夫
千住の夜討　喜安幸夫
狂言潰し　喜安幸夫
知らぬが良策　喜安幸夫
裏走りの夜　喜安幸夫
稲妻の侠　喜安幸夫
ためらい始末　喜安幸夫
消せぬ宿命　喜安幸夫
両国橋慕情　喜安幸夫
縁結びの罠　喜安幸夫
身代わりの娘　喜安幸夫
最後の夜　喜安幸夫
旅路の果てに　喜安幸夫
潮騒の町　喜安幸夫
魚籃坂の成敗　喜安幸夫
駆け落ちの罠　喜安幸夫
門前町大変　喜安幸夫

光文社時代小説文庫　好評既刊

書名	著者
幽霊のお宝	喜安幸夫
殺しは人助け	喜安幸夫
迷いの果て	喜安幸夫
近くの悪党	喜安幸夫
夢屋台なみだ通り	倉阪鬼一郎
幸福団子	倉阪鬼一郎
陽はまた昇る	倉阪鬼一郎
本所寿司人情	倉阪鬼一郎
晴や、開店	倉阪鬼一郎
ほっこり粥	倉阪鬼一郎
黄金観音	小杉健治
女衒の闇断ち	小杉健治
朋輩殺し	小杉健治
世継ぎの謀略	小杉健治
妖刀鬼斬り正宗	小杉健治
雷神の鉄槌	小杉健治
花魁心中	小杉健治
烈火の裁き	小杉健治
暗闇のふたり	小杉健治
同胞の契り	小杉健治
駆ける稲妻	小杉健治
欺きの訴	小杉健治
翻りの訴	小杉健治
情義の訴	小杉健治
其角忠臣蔵	小杉健治
五戒の櫻	小杉健治
暁の雹	小杉健治
角なき蝸牛	小杉健治
御館の幻影	近衛龍春
にわか大根	近藤史恵
ほおずき地獄	近藤史恵
寒椿ゆれる	近藤史恵
烏金	西條奈加
はむ・はたる	西條奈加

光文社文庫最新刊

夜叉萬同心 浅き縁　辻堂 魁

猟犬検事 堕落　南 英男

花菱夫妻の退魔帖 四　白川紺子

かすてぼうろ 越前台所衆 於くらの覚書　武川 佑

烈火の剣 徒目付勘兵衛　鈴木英治

光文社文庫最新刊

いのち汁　人情おはる四季料理㈢　倉阪鬼一郎

碁石金　日暮左近事件帖　藤井邦夫

秘めた殺意　新・木戸番影始末㈨　喜安幸夫

反逆　隠密船頭㈩　稲葉 稔